अल्बैर कामू

अल्बैर कामू का जन्म 7 नवम्बर, 1913 को फ्रांस के तत्कालीन उपनिवेश अल्जीरिया (अफ्रीका) के मोन्दोवी शहर में हुआ था। बचपन गरीबी में बीता। दर्शनशास्त्र में उच्च शिक्षा हासिल की। कुछ समय के लिए अल्जीरिया की कम्युनिस्ट पार्टी से जुड़े। किशोरावस्था से ही तपेदिक की चपेट में रहे। आजीविका के लिए तरह-तरह का काम किया। 1943 में पेरिस चले गए। विश्वयुद्धों के दौरान फ्रांस पर जर्मन कब्जे के खिलाफ 'काम्बेट' नामक पत्र निकाला। कुछ पत्रों का सम्पादन भी किया। यूनानी दर्शन, ईसाइयत तथा अल्जीरिया और यूरोप की संस्कृति से गहरे प्रभावित रहे। अपने लेखन में अधर्म, नास्तिकता, मृत्यु और मानवीय कष्टों का अपूर्व चित्रण किया।

उन्हें 1957 में साहित्य का *नोबेल पुरस्कार* प्रदान किया गया।

उनकी प्रमुख कृतियाँ हैं—'प्लेग', 'पतन', 'अजनबी', 'सुखी मृत्यु', 'पहला आदमी' (उपन्यास); 'निर्वासन और आधिपत्य' (कहानी-संग्रह); 'कालिगुला', 'न्यायप्रिय', 'अर्थदोष' (नाटक); 'सही पक्ष और गलत पक्ष', 'सिसिफ़स का मिथक', 'विद्रोह' (निबन्ध)।

4 जनवरी, 1960 को विलेब्लेविन (फ्रांस) में कार दुर्घटना में उनका निधन हो गया।

राजकमल से प्रकाशित
लेखक की किताबें

उपन्यास

अजनबी
प्लेग
पतन
सुखी मृत्यु
पहला आदमी

कहानी

निर्वासन और आधिपत्य

नाटक

अर्थदोष
कालिगुला
न्यायप्रिय

पतन

अल्बैर कामू

अनुवाद

उमा राव

राजकमल पेपरबैक्स

यह उपन्यास सर्वप्रथम फ्रेंच में LA CHUTE नाम से 1956 में प्रकाशित हुआ

राजकमल पेपरबैक्स में
पहला संस्करण : 2023
दूसरा संस्करण : 2024

राजकमल पेपरबैक्स : उत्कृष्ट साहित्य के जनसुलभ संस्करण

राजकमल प्रकाशन प्रा. लि.
1-बी, नेताजी सुभाष मार्ग, दरियागंज
नई दिल्ली-110 002
द्वारा प्रकाशित

शाखाएँ : अशोक राजपथ, साइंस कॉलेज के सामने, पटना-800 006
पहली मंजिल, दरबारी बिल्डिंग, महात्मा गांधी मार्ग, प्रयागराज-211 001
1, अनमोल सोराबजी संतुक लेन, धोबी तालाव, मरीन लाइंस, मुम्बई-400 002

वेबसाइट : www.rajkamalprakashan.com
ई-मेल : info@rajkamalprakashan.com

विकास कंप्यूटर एंड प्रिंटर्स
ट्रॉनिका सिटी-201 102
द्वारा मुद्रित

मूल्य : ₹199

PATAN
Novel by Albert Camus
Translated by Uma Rao

ISBN : 978-81-19835-40-9

पतन

श्रीमान, बेजा न मानें तो मैं आपकी सहायता करूँ! मुझे डर है कि आप उस बनमानुस को, जो इस जगह का भाग्यविधाता है, अपनी बात समझा न सकेंगे। बात असल में यह है कि वह डच भाषा के अलावा और कोई भाषा नहीं जानता। अगर आप मुझे अपनी ओर से वकालत करने की इजाज़त न देंगे तो शायद वह अनुमान ही न कर पाएगा कि आप 'जिन' शराब की माँग कर रहे हैं। लीजिए, उम्मीद है कि वह मेरी बात समझ गया—उसके सिर हिलाने के तो यही मतलब हुए कि उसने मेरी बात मान ली है। लीजिए, वह चल पड़ा। वाह! उसकी जल्दबाज़ी में भी एक प्रकार की सावधानी और संकल्प है। आप भाग्यशाली हैं कि उसने वह स्वर नहीं निकाला। जब वह किसी की खिदमत नहीं करना चाहता तो बस सूअर की-सी एक आवाज़ कर देता है। कुछ ज़ोर-ज़बरदस्ती नहीं करना। बड़े-बड़े जन्तुओं को ही तो अधिकार है अपनी तबीयत के मालिक होने का। अच्छा, श्रीमान, अब मैं चलता हूँ। आपकी सेवा कर सका, इसकी मुझे प्रसन्नता है। धन्यवाद! अगर मुझे यह निश्चय होता कि मैं आपको परेशान नहीं कर रहा हूँ तो अवश्य ले लेता...आप बहुत ज़्यादा मेहरबान हैं तो मैं अपना गिलास यहीं लिये आता हूँ।

आप ठीक कहते हैं। उसका मौन हमें बधिर बना देता है। आदिम वनों की निस्तब्धता है वह मौन, विभीषिकाओं की मार से बोझिल! कभी-कभी तो मैं अचम्भे में पड़ जाता हूँ कि वह कितने हठ के साथ सभ्य भाषाओं की उपेक्षा करता है। इसका धन्धा है एम्स्टरडम के इस शराबख़ाने में हर देश के नाविकों का मन बहलाना—और इस शराबख़ाने का नाम इसने रख छोड़ा है जाने क्यों, 'मेक्सिको सिटी'। क्या आपका ख़याल नहीं है कि इस तरह के काम में अपने अज्ञान के कारण दिक़्क़त उठाने का उसे डर होगा? ज़रा कल्पना कीजिए, डोमैनोन मनुष्य की, बेबल की मीनार में बन्द! बेशक वह हक्का-बक्का रह जाएगा, अपनी जानी-पहचानी दुनिया से बिलकुल बाहर। पर इसे तो अपने निर्वासन का कोई आभास नहीं है। यह तो अपने ही रास्ते चलता जाता है; कोई चीज़ इस पर असर नहीं करती। इसके मुख से एक दुर्लभ वाक्य मैंने सुना था, जब इसने घोषणा की थी कि 'लेना हो तो लो, वरना जाने दो'। वह क्या चीज़ थी, जिसे कोई लेता या जाने देता? ज़रूर वह हमारा यार ख़ुद ही रहा होगा। मैं मानता हूँ कि ऐसे जीव मुझे बहुत आकर्षित करते हैं, जो समूचे एक ही खंड से गढ़े गए हों। ऐसे किसी भी व्यक्ति के मन में, जिसने व्यवसाय की ख़ातिर या अन्त:प्रेरणा से मानव के विषय में चिन्तन किया हो, स्तनपायी योनि के लिए कसक उठती ही है। कम-से-कम उनकी प्रेरणाओं का कोई परोक्ष हेतु तो नहीं होता।

सच कहूँ तो हमारे मेज़बान के मन में कुछ तो है ही, जिसे वह अपने मन की गहराई में छिपाए रहता है। अपने सामने की जाने वाली बातों को न समझ पाने की वजह से वह बड़ा अविश्वासी प्रकृति का हो गया है। तभी तो उसके चेहरे पर ऐसा शक्की भाव टपकता रहता

है, मानो उसे इसमें सन्देह हो कि मनुष्य में सब कुछ सर्वथा दोषहीन नहीं है। उसकी इसी प्रवृत्ति के कारण उसके व्यवसाय के अतिरिक्त बाक़ी विषयों पर उससे बातचीत करना मुश्किल है। मिसाल के लिए, उसके सिर के ऊपर पीछे की दीवार पर वह ख़ाली चौकोर जगह देख रहे हैं न, वहाँ से कोई तस्वीर उतार दी गई लगती है। सचमुच वहाँ एक तस्वीर लगी थी, बड़ी उम्दा तस्वीर थी, एक सही मायनों में उत्कृष्ट कलाकृति। इस जगह के मालिक ने जब उसे प्राप्त किया था, और जब उससे विदा ली, तब दोनों अवसरों पर मैं मौजूद था। दोनों ही अवसरों पर उसने एक-सा निश्चय-अनिश्चय हफ़्तों सोचा-विचारा। इस दृष्टि से आप मानेंगे कि समाज ने उसके स्वभाव की सहज निष्कपटता को कुछ दूषित कर दिया है।

आप यह न समझें कि मैं उसके बारे में कोई फ़ैसला दिए दे रहा हूँ। मैं उसके अविश्वास को मुनासिब समझता हूँ और अगर मेरा वाचाल स्वभाव इसके विरुद्ध न होता तो उसके अविश्वास में साझा भी बँटाता। पर अफ़सोस, मैं बहुत बातूनी हूँ और बड़ी जल्दी दोस्ती कर लेता हूँ। हालाँकि मैं आचार-व्यवहार में दूरी बनाए रखना भी जानता हूँ पर बातचीत करने के अवसर मैं हाथ से नहीं जाने देता। जब मैं फ्रांस में था और अगर मुझे कोई बुद्धिमान व्यक्ति मिल जाता तो फ़ौरन उसके संग लगने की कोशिश करता। यदि यह मूर्खता है तो आप मेरे इस सम्भाव्य-कारक के प्रयोग पर मुस्करा रहे हैं। मैं मानता हूँ कि यह कारक मुझे ख़ास पसन्द है और वैसे ही सुसंस्कृत सम्भाषण भी। आप सच मानिए कि अपनी इस कमज़ोरी का मैं स्वयं कड़ा आलोचक हूँ। मैं ख़ूब जानता हूँ कि अन्दर रेशमी कपड़े पहनने के यह अनिवार्य अर्थ नहीं होते कि आपके पैर गन्दे

हैं। जो भी हो, विशुद्ध रेशम की तरह, शैली के पीछे भी खाज छिपी रहती है। मैं अपने को यह कहकर सांत्वना दे लेता हूँ कि भाषा के हत्यारे भी तो पाक-साफ़ नहीं होते। हाँ ज़रूर, एक गिलास शराब और लें।

आप क्या एम्स्टरडम में अभी कुछ दिन ठहरेंगे? बड़ा सुन्दर शहर है, है न? मनमोहक? यह विशेषण मैंने बहुत दिन से नहीं सुना था; जब से पेरिस छोड़ा, तब से—वर्षों हुए। पर स्मृतियों की बात ही निराली होती है! हमारी उस रमणीक राजधानी की—या उसके घाटों की—कोई भी बात मैं नहीं भूला हूँ। पेरिस वास्तव में एक मरीचिका है; एक भव्य रंगमंच, चालीस लाख छायाचित्रों से आबाद। पिछली जनगणना के अनुसार पचास लाख। अब तो और भी बढ़ गए होंगे। ख़ैर, यह कोई आश्चर्य की बात नहीं। मुझे हमेशा लगता था कि हमारे नागरिक बन्धुओं के दो ही व्यसन हैं—विचार और व्यभिचार। जिसको कह लीजिए, न कोई अर्थ, न कोई तुक। फिर भी हम उनकी निंदा न ही करें तो अच्छा। वे अकेले तो ऐसे नहीं, सारे यूरोप का ही यह हाल है। कभी-कभी मैं सोचता हूँ कि भविष्य के इतिहासकार हमारे विषय में क्या कहेंगे। आधुनिक मानव के लिए एक वाक्य पर्याप्त है—उसने व्यभिचार किया और अख़बार पढ़े। और अगर आप इजाज़त दें तो कहूँगा कि इस ओजपूर्ण परिभाषा पर इस विषय की इतिश्री हो चुकेगी।

पर हाँ, डच जाति की बात नहीं है, वे तो कहीं कम आधुनिक हैं। उनके पास समय है। देखिए तो उन्हें, वे करते क्या हैं! ये सज्जन जो इधर बैठे हैं, वहाँ बैठी उन महिलाओं की मेहनत पर जीते हैं। और ये सब नर और मादा, दोनों बिलकुल मध्यवर्गीय जीव हैं, जो यहाँ हमेशा की तरह कल्पना-जगत में रहने की इच्छा से या मूर्खतावश आए हैं; या दूसरे

शब्दों में यों कहें कि अत्यधिक या अतिन्यून कल्पना-शक्ति के कारण। कभी-कभी ये सज्जन छुरे या पिस्तौल के खेल खेल लेते हैं; पर आप यह न समझ लीजिएगा कि इन्हें उनमें कोई विशेष रुचि है। ये केवल अपना पार्ट अदा करने के लिए यह सब करते हैं, और गोली चलने-चलाने के समय उनकी जान निकलती रहती है। फिर भी मैं इन्हें उन लोगों से अधिक नैतिकतापूर्ण समझता हूँ, जो परिवार की परिधि के अन्दर ही पारस्परिक संघर्ष की प्रक्रिया से व्यक्ति की हत्या कर डालते हैं। क्या आपने कभी इस पर ध्यान नहीं दिया कि हमारे समाज की व्यवस्था इसी ढंग की समष्टि के लिए की गई है? आपने ब्राजील की उन छोटी-छोटी मछलियों के बारे में तो सुना ही होगा, जो असावधान तैराक पर हज़ारों की संख्या में आक्रमण कर देती हैं, और तेज़ी से कुतर-कुतरकर उसका मांस साफ़ कर देती हैं—और तब रह जाता है केवल एक ढाँचा। जी हाँ, यही उनकी व्यवस्था है। 'क्या तुम एक अच्छा, साफ़-सुथरा जीवन चाहते हो, जैसा औरों का है?' आप जवाब देते हैं, 'हाँ अवश्य।' कोई ना कर ही कैसे सकता है? 'ठीक है साफ़-सुथरा बना दिया जाएगा—यह रही तुम्हारी नौकरी, यह तुम्हारा परिवार, और यह तुम्हारा व्यवस्थित विश्राम।' और फिर वे नुकीले दाँत मांस को छेद-छेदकर हड्डी तक पहुँच जाते हैं। पर मैं अन्याय कर रहा हूँ। मुझे व्यवस्था 'उनकी' नहीं कहनी चाहिए, यह तो 'हमारी' है। सवाल यह है कि कौन किसे साफ़-सुथरा कर देगा?

लीजिए हमारी शराब आख़िर आ ही गई। आपकी सम्पन्नता बढ़े। हाँ, बनमानुस ने 'डॉक्टर' कहकर मुझे सम्बोधित करने के लिए अपना मुँह खोला था। इन देशों में हर कोई या तो डॉक्टर कहा जाता है या प्रोफ़ेसर। ये लोग आदर प्रकट करना पसन्द करते हैं—कुछ तो दया के

कारण और कुछ विनय के। कम-से-कम इन लोगों में विद्वेष-भावना एक राष्ट्रीय संस्थान नहीं बन गई है। इसके अलावा मैं डॉक्टर हूँ भी नहीं। आप अगर जानना ही चाहें तो मैं यहाँ आने से पहले वकील था; और अब मैं कह सकता हूँ कि मैं एक अनुतापी-निर्णायक हूँ।

मुझे अपना परिचय देने की आप इजाज़त दें—जाँ बैपटिस्ट क्लेमेंस आपकी सेवा में हाज़िर है। आपसे मिलकर ख़ुशी हुई। आप निश्चय ही व्यापारी होंगे! एक प्रकार से? क्या ख़ूब जवाब है! समझ-बूझ का भी है। हर जगह हम जो भी हैं, एक प्रकार से ही तो हैं। अब मुझे जासूसी करने की इजाज़त दें। आपकी आयु एक प्रकार से मेरी आयु के बराबर है; आपकी नज़र चालीस की उम्र के दुनियादार आदमी की नज़र है, जिसने एक प्रकार से सब कुछ देखा और अनुभव किया है। आपकी वेशभूषा सुरुचिपूर्ण है, एक प्रकार से, जैसी कि हमारे देश में लोगों की रहती है; और आपके हाथ मुलायम हैं; इसलिए आप बुर्जुआ हैं—एक प्रकार से। पर एक सुसंस्कृत बुर्जुआ। सम्भाव्य-कारक के प्रयोग पर मुस्कराना वास्तव में आपकी संस्कृति को दूनी स्पष्टता से सिद्ध करता है; क्योंकि एक तो आपने उसे पहचाना और फिर अपने को उससे श्रेष्ठतर अनुभव किया। और अन्त में, मैं आपके लिए विनोद की सामग्री हूँ। आत्मश्लाघा न समझें इसे आप। आपकी इस प्रवृत्ति में उदारता निहित है। इसलिए आप एक प्रकार से...पर जाने भी दीजिए। व्यवसायों में मुझे सम्प्रदायों से भी कम रुचि है। आप मुझे दो सवाल पूछने दें, और अगर उन्हें नामुनासिब समझें, तो जवाब न दीजिएगा। आपकी कोई सम्पत्ति है? कुछ है? बहुत ख़ूब! उसके उपभोग में आपने ग़रीबों को शामिल किया है? नहीं? तो मैं आपको सदूसी कहूँगा। आप यदि धर्मग्रंथों से भली-भाँति परिचित नहीं

हैं, तो मैं मानता हूँ कि यह बात आपकी समझ में न आएगी। समझ में आ गई? तो आप धर्मग्रंथों से परिचित हैं? निश्चय ही आपको जानने की मेरी इच्छा बलवती हो रही है।

और मेरे बारे में...आप स्वयं निर्णय कर लें। क़द, कन्धों और चेहरे से मुझे बताया गया है, मैं फुटबॉल के खिलाड़ी की तरह लगता हूँ। है न यह बात? पर अगर मेरी बातचीत से अन्दाज़ लगाएँ तो यह मानना पड़ेगा कि सूक्ष्मता के कुछ गुण मुझमें हैं। जिस जानवर के बालों से मेरा ओवरकोट बना है, वह हो सकता है कि गन्दा रहा हो, पर मेरे नाखून तो अच्छी तरह सँवरे हुए हैं। मैं भी दुनियादार हूँ, पर मैं बिना आगा-पीछा सोचे, मात्र आपकी आकृति के आधार पर विश्वास करके, ये सब बातें कर रहा हूँ। और अन्त में शिष्ट आचरण और सुसंस्कृत भाषा के बावजूद मैं जीदिक पर स्थित नाविकों के इस शराबख़ाने में बराबर आया करता हूँ। बोलिए...छोड़ भी दीजिए। मेरा व्यवसाय दुरंगा है, बस—मनुष्य की तरह। मैंने आपको अभी बताया ही है कि मैं 'अनुतापी-निर्णायक' हूँ। केवल एक चीज़ मेरे बारे में सरल है कि मेरी कोई सम्पत्ति नहीं है। हाँ, मैं धनी था। नहीं, मैंने ग़रीबों के साथ कुछ बँटाया नहीं। इससे क्या साबित होता है? कि मैं भी सदूसी था—ओह! आपको बन्दरगाह से कुहासे के बिगुल की आवाज़ सुनाई दे रही है? आज रात ज्वाइडरज़ी पर कुहासा रहेगा।

आप अभी से चल दिए? क्षमा करें, मैंने शायद आपको रोके रखा। नहीं-नहीं, मेरी प्रार्थना है...मैं आपको दाम न चुकाने दूँगा। 'मेक्सिको सिटी' में मैं मेज़बान हूँ, और आपको मेहमान बनाकर मुझे विशेष प्रसन्नता हुई। मैं निश्चय ही कल भी यहीं रहूँगा, जैसे कि हर शाम रहता हूँ और आपका निमंत्रण सहर्ष स्वीकार करूँगा। वापस जाने का रास्ता?

हूँ, अगर आपको आपत्ति न हो तो सबसे आसान तो यही होगा कि मैं बन्दरगाह तक आपके साथ चला चलूँ। वहाँ से यहूदी बस्ती के किनारे से निकलकर आप उन आलीशान सड़कों पर पहुँच जाएँगे जहाँ फूलों से लदी ट्रामगाड़ियाँ गरजती हुई दौड़ती हैं। आपका होटल उन्हीं में से एक पर है—डामरॉक पर। पहले आप। मैं यहूदी बस्ती में रहता हूँ—या कहिए कि जो तब तक यहूदी बस्ती थी, जब तक कि हमारे हिटलरपंथी भाई-बन्दों ने उसके घनेपन को घटा नहीं दिया। क्या सफ़ाई की गई थी! पचहत्तर हज़ार यहूदियों को या तो निर्वासित कर दिया गया था या मौत के घाट उतार दिया गया था। इसे कहते हैं, 'वैक्यूअम क्लीनिंग'। उनके परिश्रम की और नियम में चलने के धीरज की मैं दाद देता हूँ। आदमी में चारित्रिक दृढ़ता न हो तो नियमों का पालन आवश्यक है। यहाँ तो उसने कमाल ही कर दिखाया, कोई इस बात से इनकार नहीं कर सकता। और मैं जहाँ रहता हूँ, वह स्थान इतिहास के घोरतम अपराधों में से एक का घटनास्थल रहा है। शायद इसी कारण मैं उस बनमानुस और उसकी सन्देह करने की प्रवृत्ति को समझ पाना हूँ। इस तरह मैं अपनी प्रकृति के विरुद्ध, जो मुझे रुचिकर चीज़ों की तरफ़ खींचती है, संघर्ष कर पाता हूँ। जब मुझे कोई अनजानी शक्ल दिखाई देती है तो मेरे भीतर ख़तरे की घंटी बज उठती है, 'आहिस्ता!' 'ख़तरा है!' जब आकर्षण अधिकतम होता है, तब भी मैं सतर्क रहता हूँ।

आप जानते हैं, मेरे छोटे-से गाँव में प्रतिशोध के सैनिक कार्य में एक जर्मन अफ़सर ने बड़ी शालीनता से एक वृद्धा से निवेदन किया था, "आप कृपया चुनाव कर लें कि आपके दोनों बेटों में से कौन-सा बन्धक के रूप में गोली से उड़ा दिया जाए?"...चुनाव कर लें! कल्पना कर

सकते हैं आप इसकी? वह? नहीं, यह? और फिर उसे जाते हुए देखें। ख़ैर, हम लोग उसकी और चर्चा क्यों करें? पर विश्वास करें श्रीमान, अचम्भे की कोई भी बात सम्भव है। मैं जानना था एक शुद्ध हृदय को। अविश्वास उसने त्याग दिया था। वह शान्तिवादी और स्वाधीनतावादी था। समस्त मानव-जाति, यहाँ तक कि पशुओं को भी समान रूप से प्यार करता था। विलक्षण आत्मा था, इतना तो निश्चित है। हाँ तो, यूरोप के पिछले धर्मयुद्ध के दौरान उसने गाँव की शरण ली। अपनी देहरी पर उसने लिख रखा था—'तुम जहाँ कहीं से भी आए हों, अन्दर आओ, तुम्हारा स्वागत है।' और क्या आप सोच सकते हैं कि इस उदात्त निमंत्रण को किसने स्वीकार किया? नागरिक सेना ने। वह अन्दर घुसी, मकान में पसरकर फैल गई—और उस उदार मकान-मालिक की अँतड़ियाँ-पसलियाँ फाड़ फेंकी।

ओह, श्रीमती जी! क्षमाप्रार्थी हूँ। पर उन्होंने तो वैसे ही एक शब्द भी न समझा था। इतने सारे लोग? इतनी देर हुए भी बाहर घूम रहे हैं—बारिश के बावजूद, जो कई दिन से थमने का नाम ही नहीं लेती है? भाग्य से 'जिन' शराब तो है—इस अन्धकार में प्रकाश की एकमात्र झलक! आपको भी लगता है न कि वह एक सुनहले ताँबे के रंग का प्रकाश आपके अन्दर जगाती है? 'जिन' शराब की गरमाहट में मुझे शाम के वक़्त शहर की सड़कों पर घूमना अच्छा लगता है। मैं रातों घूमता रहता हूँ, सपने देखता रहता हूँ या निरन्तर अपने-आपसे वार्तालाप करता रहता हूँ। हाँ, इस शाम की तरह—मुझे डर है कि मेरी बातों से आपका सिर न चकराने लगा हो। शुक्रिया, आप बहुत मेहरबान हैं। पर यह तो मेरा उफान है। जैसे ही मेरा मुँह खुलता है, शब्द उफनते चले आते हैं।

इसके अलावा, इस देश से मुझे प्रेरणा मिलती है। सड़क की पटरियों पर उमड़ती भीड़ मुझे पसन्द है। घरों और नहरों के बीच की थोड़ी-सी ज़मीन में घचाघच भरे हुए कुहासों, ठंडी भूमि और गीले कपड़ों की तरह भपाते हुए समुद्र के क़ैदी! मुझे यह सब पसन्द है। इसमें द्वैत है। यह यहाँ भी है, अन्यत्र भी।

हाँ-हाँ। इस भीगी सड़क की पटरी पर पैरों की भारी आवाज़ सुनकर और गम्भीरता में दुकानों के अन्दर-बाहर जाते-आते देखकर (उन दुकानों से जो सुनहली 'हेरिंग' मछलियों से और पीली पत्तियों के रंग के आभूषणों से भरी हैं) आप सोचते होंगे कि वे लोग आज शाम को यहीं हैं। आप भी औरों की तरह ही हैं। आप भी सोचने हैं कि ये भद्र लोग व्यापारी और व्यवसायी संघों के सदस्य हैं, जो अपने अमरत्व की सम्भावनाओं के साथ सुनहली अशर्फियों को भी गिनते हैं, जिनके जीवन की गीतात्मकता इतनी ही है कि वे कभी-कभी बिना अपनी चौड़े किनारों की टोपियाँ पहने शरीर-विज्ञान का पाठ पढ़ लेते हैं। आप ग़लती कर रहे हैं। वे हमारे साथ टहल रहे हैं बेशक, पर देखिए उनके दिमाग़ कहाँ हैं? उस कुहासे में, जो निऑन प्रकाश, 'जिन' शराब और दुकानों पर लगे लाल और हरे साइन-बोर्डों में से उठती हुई पिपरमेंट की ख़ुशबू से बना है? हॉलैंड देश एक सपना है श्रीमान—धुएँ और सोने का सपना; दिन में धुएँ से भरा, रात को सुनहले प्रकाश में जगमगाता हुआ; और रात-दिन उस कल्पना-देश में इन्हीं-जैसे लोहैंग्रिन भरे रहते हैं; ऊँचे हैंडल लगी काली साइकिलें स्वप्नावस्था में चलाते हुए, मानो वे अन्त्यसन्देशवाहक हंस हो—देश-भर में समुद्रों के चारों ओर, नहरों के किनारे-किनारे निरन्तर तैरते हुए। उनका मन ताम्रवर्ण बादलों में उड़ता रहता है; वे

सपने देखते रहते हैं; चक्कर काटते, घूमते रहते हैं; वे उपासना करते हैं, कुहासे के सुनहले अगरु-धूम्र में नींद में चलते हुए-से, वे अब यहाँ नहीं हैं। वे हज़ारों मील दूर जा चुके हैं, जावा के उस सुदूर द्वीप की ओर। वे इंडोनेशिया के विकृत मुँहवाले देवताओं की आराधना करते हैं, जिनसे उन्होंने अपनी दुकानों की सब खिड़कियाँ सज़ा रखी हैं, और जो इस समय निरुद्देश्य हमारे सिर पर मँडरा रहे हैं—नीचे उतरने के पहले जैसे वे कोई भड़कीले बन्दर हों, जो सीढ़ीदार छतों और साइनबोर्डों पर उतरेंगे और घर की याद से बेचैन इन उपनिवेशवासियों को याद दिलाएँगे कि हॉलैंड केवल व्यापारियों का यूरोप नहीं है, समुद्र का भी है—वही समुद्र जो उन दूसरे द्वीपों की राह दिखाता है, जहाँ मनुष्य उन्मत्त और आह्लादित होकर मृत्यु पाते हैं।

पर मैं तो अपनी बातों में बहने लगा, इनकी वकालत ही करने लगा। क्षमाप्रार्थी हूँ। आदत श्रीमान, और पेशा, और साथ ही यह आकांक्षा भी कि इस शहर को आप पूरी तरह समझ लें, और हर चीज़ के मूल तत्त्व को जान सकें, क्योंकि यहाँ हम मूल केन्द्र पर पहुँच गए हैं। आपने इस ओर ध्यान दिया कि यहाँ की घुमावदार नहरें नरक के चक्रों के समान हैं—मध्यवर्ग का नरक जो दु:स्वप्नों से भरा है। जब कोई बाहर से आता है और उन चक्करों में घूमता है, जीवन सघनतर होता जाता है और अधिक अन्धकारमय। इसी कारण पाप भी। अब हम आख़िरी चक्कर में पहुँच गए हैं, यह है...? अच्छा, आप जानते हैं? सचमुच आपका वर्गीकरण कठिनतर होता चला जा रहा है। तो आप समझते हैं कि मैं क्यों कहना हूँ कि सारी चीज़ों का मूल केन्द्र यही है; यद्यपि हम इस महाद्वीप के केवल एक छोर पर ही हैं। एक संवेदनशील व्यक्ति के लिए

इन विलक्षणताओं को समझ लेना कठिन नहीं। ख़ैर, अख़बार पढ़नेवाले और व्यभिचार करनेवाले इसके आगे तो जा नहीं सकते। यूरोप के चारों कोनों से आकर वे अन्तर्देशीय समुद्र की ओर मुँह किए उसके मलिन तट पर रुक जाते हैं। वे कुहासे के बिगुल सुनते हैं; कुहासे के गर्भ में धुँधली नावों के छायाचित्रों को ढूँढ़ने की व्यर्थ चेष्टा करते हैं, फिर नहरों के ऊपर से लौटते हुए वर्षा में भीगते अपने घर चले जाते हैं। हड्डियों तक ठंड से ठिठुरते हुए वे 'मेक्सिको सिटी' में पहुँचकर तमाम भाषाओं में शराब की माँग करते है। मैं वहीं उनकी प्रतीक्षा करता हूँ।

कल तक के लिए विदा श्रीमान—मेरे स्वदेशवासी बन्धु! आपको अब आसानी से रास्ता मिल जाएगा। मैं इस पुल तक आपको छोड़ दूँगा। मैं रात को कभी पुल पार नहीं करता...मैंने शपथ ली थी। मान लीजिए कि कोई पानी में कूद पड़े। दो में से एक ही बात सम्भव है—या तो आप उसे बाहर निकालने के लिए ख़ुद भी वही रास्ता अपनाएँगे, जो इस ठंड के मौसम में ख़तरे से ख़ाली नहीं है, या आप उसे वहीं छोड़ देंगे। छलाँग मारने की इच्छा का दमन करने से कभी-कभी एक विचित्र व्यथा उत्पन्न होती है। नमस्कार! क्या? उन खिड़कियों के पीछेवाली वे महिलाएँ? सपना श्रीमन, एक सस्ता सपना—इंडीज़ की यात्रा। वे मसालों की गन्ध से अपना शरीर सुवासित करती हैं। आप अन्दर जाते हैं, परदे खींच लिये जाते हैं और यात्रा आरम्भ हो जाती है। उन नग्न शरीरों में देवता उतर आते हैं; द्वीप तैरने-उतराने लगते हैं; वायु में लहराते हुए ताड़-वृक्षों के अव्यवस्थित केशों का मुकुट पहने खोई हुई आत्माएँ। जाइए, देखिए!

अनुतापी-निर्णायक होता क्या है? तो मैंने आपका कुतूहल जगा दिया? विश्वास कीजिए मेरा तनिक भी बुरा इरादा न था। अच्छा मैं अपनी बात ज़्यादा साफ़ करके कहे देता हूँ। एक तरह से कहूँ तो यह मेरे दफ़्तर के कामों में से एक है। पर पहले मुझे कुछ तथ्य आपके सामने रखने होंगे ताकि आप मेरी रामकहानी सहज समझ जाएँ।

कुछ साल हुए मैं पेरिस में वकालत करता था, और सच पूछिए तो काफ़ी नामी वकील था। हाँ, मैंने आपको अपना असली नाम तो बताया ही नहीं। ऐसे मामलों में, जो नेक काम माने जाएँ, मेरी विशेष रुचि थी, जैसे विधवा और अनाथ। कहा जाता है, जाने क्यों, ऐसी भी विधवाएँ होती हैं, जो छल-कपट करती हैं, और अनाथ ऐसे भी हैं, जो बर्बर होते हैं। पर मेरे लिए तो इतना ही काफ़ी था कि मुझे प्रतिवादी पर अत्याचार की गन्ध-मात्र मिल जाए और मैं मैदान में कूद पड़ता था। सो कूदना भी कैसा, झंझावात की तरह! मेरा हृदय खुला हुआ रहता था। आप यहाँ तक कह सकते थे कि नीति हर रात मेरी ही गोद में सोती थी। मुझे विश्वास है कि अदालत के सामने मेरे स्वर की विशुद्धता, मेरे संवेगों की उपयुक्तता, वक्तृताओं की प्रेषणीयता तथा संवेदनशीलता, और आक्रोश के संयम की आप अवश्य सराहना करते। प्रकृति ने मेरे शारीरिक गठन के सम्बन्ध में उदारता दिखाई है और मुझे दाक्षिण्य की मुद्रा सहज ही प्राप्त हो जाती है। इसके अलावा दो सच्ची भावनाएँ मुझे ऊपर उठाए रखती थीं। एक तो थी वकील-समाज में प्राप्त प्रतिष्ठा का सन्तोष और दूसरी न्यायाधीश-वर्ग के प्रति स्वाभाविक अवहेलना। शायद अवहेलना का भाव इतना स्वाभाविक नहीं था। अब मैं जान गया हूँ कि उसके पीछे कई कारण थे। पर यों बाहर से देखने में वह एक तरह का उन्माद लगता

था। इससे तो इनकार नहीं किया जा सकता कि कम-से-कम अभी कुछ समय के लिए हमें न्यायाधीश रखने ही पड़ेंगे। क्यों? मैं यह नहीं समझ पाता था कि कोई भी व्यक्ति ऐसा विचित्र काम करने के लिए अपने को कैसे तैयार कर लेता है। उस तथ्य को मैं इसीलिए स्वीकार कर लेता था कि मुझे वह सामने दीख पड़ता था। यह कुछ उसी तरह था, जैसे मैं टिड्डियों के दल को स्वीकार कर लेता हूँ। अन्तर केवल इतना था कि उन जन्तुओं के आक्रमण से तो मेरा एक पैसे का भी लाभ न होता था, जबकि मेरी आजीविका चलती थी ऐसों के साथ संलाप करके, जिनका मैं तिरस्कार करता था।

ख़ैर, मैं सत् के पक्ष में था, और अपने अन्तर्मन की शान्ति के लिए मेरे लिए यही पर्याप्त था। न्याय का संस्पर्श, सत् के पक्ष में होने का सन्तोष, आत्म-गौरव का आनन्द—श्रीमन, ये अनुभूतियाँ हमें सच्चा बनाए रखने के लिए या आगे बढ़ने के लिए बलवती प्रेरणा देती हैं। दूसरी तरफ़, अगर आप लोगों को इन भावनाओं से वंचित कर देते हैं तो आप उन्हें क्रोध से पागल कुत्तों में परिणत कर देते हैं। जाने कितने अपराध किए जाते हैं, केवल इसलिए कि उनके करनेवाले ग़लती पर होना बरदाश्त नहीं कर पाते। मैं एक ऐसे व्यापारी को जानता था, जिसकी पत्नी में कोई कमी न थी। सब उसकी प्रशंसा करते थे। फिर भी उस व्यक्ति ने अपनी पत्नी को धोखा दिया। अपनी ग़लती के अहसास से, आप सच मानिए, वह क्रोधोन्माद से पागल हो गया था, क्योंकि समाचार की सनद पाने या अपने को देने के वह योग्य नहीं रह गया था। उसकी पत्नी जितने ही सद्गुणों का प्रदर्शन करनी थी, उतना ही इसका कोप बढ़ता जाता था। निदान ग़लती पर रहते हुए जीवन बिताना उसके लिए असहनीय हो

गया। सोच सकते हैं आप कि उसने क्या किया? अपनी पत्नी को धोखा देना छोड़ दिया? जी नहीं, ज़रा भी नहीं। उसने उसकी हत्या कर डाली। उससे मेरा सम्बन्ध इसी घटना से स्थापित हुआ था।

मेरी स्थिति अत्यधिक ईर्ष्या करने योग्य थी। अपराधियों के गुट में शामिल होने की कोई आशंका तो मेरे लिए थी नहीं (और पत्नी की हत्या करने की तो ज़रा भी नहीं थी; क्योंकि मैं अविवाहित था), मैं तो उनका भी पक्ष लेने को तैयार रहता था, केवल इस आधार पर कि वे उदात्त हत्यारे हों—उसी तरह जिस तरह और लोग उदात्त बर्बर होते हैं। जिस ढंग में मैं उनकी वकालत करता था मुझे उससे बहुत सन्तोष मिलता था। मेरा व्यावसायिक जीवन सर्वथा अनिंद्य था। यह कहने की तो ज़रूरत नहीं है कि मैंने कभी कोई घूस नहीं ली, न ही मैंने लुके-छिपे कोई काम किया। और—यह और भी दुर्लभ है—मैं कभी किसी पत्रकार की ख़ुशामद करने पर नहीं उतरा कि वह मेरे पक्ष में हो जाए, और न ही किसी सरकारी अफ़सर की, जिसकी मित्रता मेरे लिए उपयोगी हो सकती थी। यह मेरा सौभाग्य रहा कि दो-तीन बार 'लीजन ऑफ़ ऑनर' मुझे भेंट किए जाने का प्रस्ताव किया गया, जिसे मैं गम्भीर आत्म-गौरव के साथ अस्वीकार कर सका। वास्तव में मेरा सच्चा पुरस्कार यही था। और आख़िरी बात यह है कि मैंने ग़रीबों से कभी कुछ नहीं लिया, और न ही कभी इसका ढिंढोरा पीटा। बन्धु, आप यह न समझें कि मैं शेखी बघार रहा हूँ। इसके लिए मैं कोई श्रेय नहीं लेनी। हमारे समाज में लालच की जिस भावना को महत्त्वाकांक्षा समझ लिया जाता है, उस पर मुझे हमेशा हँसी आती रही है। मेरा लक्ष्य इससे ऊँचा था। आप देखेंगे कि यह कथन मेरे सम्बन्ध में बिलकुल ठीक बैठता है।

आप मेरे परितोष की कल्पना तो कर ही सकते हैं। मैं अपने स्वभाव का पूरा रस लेता था, और हम सब जानते हैं कि आनन्द इसी में है। यद्यपि एक-दूसरे को सांत्वना देने के लिए ऐसे सुख को हम स्वार्थ कहकर भर्त्सना करने का ढोंग कर लिया करते हैं। मैं अपने स्वभाव के कम-से-कम उस अंश में तो रस ले ही लेता, जिसकी प्रतिक्रिया विधवा और अनाथ के लिए इतनी समीचीन होती थी; अभ्यास करते-करते अन्त में वह मेरे समूचे जीवन पर छा गया। मिसाल के लिए अन्धों को सड़क पार करने में सहायता देना मुझे बहुत प्रिय था। सड़क की पटरी पर जहाँ तक मेरी नज़र जा सकती, अगर किसी के हाथ की छड़ी संकोच करती दीखती, तो मैं झपटकर पहुँचता। कभी-कभी तो अपने से केवल एक क्षण पहले करुणा से आगे बढ़े किसी दूसरे के हाथ से, अपने अतिरिक्त दूसरे के दया-भाव से अन्धे को छुड़ा लेता और आती-जाती गाड़ियों के ख़तरे के बीच, हाथ थामे, धीरे-धीरे, किन्तु दृढ़ता से, पैदल रास्ते से दूसरे पार की पटरी की शरण में उसे पहुँचा देता, जहाँ पहुँचकर हम भावुकता के साथ एक-दूसरे से अलग होते। उसी तरह मुझे प्रिय था राहगीरों को सड़कें बताना, सुलगती दियासलाई पेश करना, भारी सामान ढोने की गाड़ियाँ ठेलने में सहायता करना, बिगड़ी हुई मोटर ढकेलना, 'सॉलवेशन आर्मी' की लड़की से अख़बार लेना और बुढ़िया फेरीवाली से फूल ख़रीदना—हालाँकि मैं जानता था कि उसने वे मोंपरनास के क़ब्रिस्तान से चुराए हैं। और मुझे पसन्द था—यह बात कहना कुछ मुश्किल ही है—मुझे दान देना पसन्द था। मेरे एक अति धर्मात्मा मित्र ने स्वीकार किया था कि घर की तरफ़ आते हुए भिखमंगे को देखकर आदमी के मन में पहला भाव जो उठता है, वह घृणा का होता है। पर मेरे साथ जो बात थी, वह तो

और भी ख़राब थी; मैं मस्त हो उठता था। परन्तु छोड़िए इस क़िस्से को।

मेरी शिष्टता को ही ले लीजिए। वह विख्यात थी। कोई मेरी तरफ़ उँगली नहीं उठा सकता था। सच तो यह है कि शिष्टाचार से मुझे बड़े-बड़े आनन्द मिले। अगर किसी दिन सुबह मुझे अंडरग्राउंड गाड़ी या बस में किसी ऐसे व्यक्ति के लिए अपनी जगह छोड़ सकने का सौभाग्य प्राप्त हो जाता, जो स्पष्ट ही मुझसे योग्यतर पात्र हो या किसी वृद्ध महिला की गिराई हुई वस्तु अपनी सुपरिचित मुस्कान के साथ उसे वापस कर सकता या केवल इतना ही कि किसी ऐसे व्यक्ति के लिए अपनी टैक्सी का त्याग कर सकता जो मुझसे ज़्यादा जल्दी में हो तो वह मेरे लिए मंगल-दिवस होता था। मुझे यह भी स्वीकार करना पड़ेगा कि उन दिनों जब सार्वजनिक यातायात के साधनों की हड़ताल होती थी तो मैं आह्लादित हो उठता, क्योंकि बस-स्टॉप पर खड़े, घर पहुँचने में असमर्थ बेचारे अपने कुछ सह-नागरिकों को अपनी मोटर में भरकर ले जाने का मुझे अवसर मिलता। थियेटर हॉल में अपनी जगह छोड़ देता, ताकि कोई दम्पती साथ बैठ सकें, रेलगाड़ी में किसी युवती का सूटकेस उठाकर ऊपर रखना, ये सब काम औरों से ज़्यादा मैं इसलिए करता था कि मैं अवसरों की ताक में ज़्यादा रहता था और उनसे प्राप्त सुख का उपभोग ज़्यादा कर पाता था।

इसी कारण मैं उदार समझा जाता था—और था भी। मैं प्रकट और गुप्त रूप से बहुत-कुछ दिया करता था। किसी वस्तु अथवा किसी धनराशि से विदा लेते समय क्लेश होना तो दूर, मुझे निरन्तर सुख ही पहुँचते रहते थे। उन्हीं में विषाद का वह भाव भी था, जो इन दान-कृत्यों की निष्फलता और सम्भाव्य अकृतज्ञता के विचार से कभी-कभी मेरे मन

में उठता था। देने में मुझे इतना हर्ष होता था कि अगर ऐसी स्थिति आ जाए कि देने में असमर्थता-सी आ खड़ी हो तो मुझे अत्यन्त क्षोभ होता था। हिसाब-किताब के कठोर नियमों से मैं इतना अधिक उकता जाता था कि उनका पालन मैं काफ़ी अशोभन तरीक़े से करता था। अपनी उदारता का स्वामी मैं स्वयं ही रहना चाहता था।

ये तो कुछ छोटी-मोटी बातें रहीं; पर इनसे आप इतना तो समझ ही जाएँगे कि अपने जीवन में, और ख़ास तौर से अपने पेशे में, मुझे अनवरत कितने सुख मिलते रहते थे। कचहरी के दालान में किसी प्रतिवादी की पत्नी द्वारा रोका जाना, जिस प्रतिवादी का पक्ष आपने केवल न्यायपरता या करुणावश लिया हो—मेरा मतलब है बिना फीस लिये—और उस महिला का फुसफुसाकर आपसे कहना कि आपने उनके लिए जो किया, उसका मूल्य कभी नहीं चुकाया जा सकता है, और आपका उत्तर देना कि वह तो कोई ऐसी बात नहीं थी, इतना तो कोई भी करता। और फिर आगे आनेवाले बुरे दिनों के लिए कुछ आर्थिक सहायता देने का प्रस्ताव करना और फिर—उद्‌गारों का वेग रोकने के लिए, ताकि उनकी झंकार सुरक्षित रह सके—उस अभागिनी महिला का हाथ चूमकर विदा लेना—विश्वास मानिए श्रीमान, यह प्राप्ति, सामान्य महत्त्वाकांक्षी व्यक्ति की प्राप्ति से कहीं अधिक है और यह आपको उस सर्वोच्च शिखर पर पहुँचा देती है, जहाँ सदाचार अपना ही प्रतिदान है।

अच्छा, तो इस ऊँचाई की बात पर ज़रा ठहरें। अब आप समझ गए होंगे कि जब मैंने ज़्यादा ऊँचे लक्ष्य की बात की थी तो मेरा मतलब क्या था। वास्तव में मैं उन्हीं सर्वोच्च शिखरों की बात कर रहा था। केवल वही ऐसे स्थान हैं जहाँ मैं वास्तव में साँस ले सकता हूँ। हाँ, ऊँचे परिवेश के

अलावा और कहीं मुझे चैन नहीं मिलता। रोज़मर्रा की बातों में भी मुझे ऊँचाई का अनुभव करने की आवश्यकता प्रतीत होती थी। अंडरग्राउंड गाड़ी की अपेक्षा मुझे बस ज़्यादा पसन्द थी, टैक्सी की अपेक्षा खुली गाड़ियाँ, अन्दर रहने की अपेक्षा खुली छत। मैं उन हवाई जहाज़ों का ग़ैर-पेशेवर चालक था, जिनमें चालक का सिर बाहर खुले में रहता है। और समुद्री जहाज़ों पर मैं हमेशा सबसे ऊँचे डेक पर चहलक़दमी करनेवालों में होता था। पहाड़ी स्थानों में घाटियों से भागकर मैं पठारों और दर्रों पर जा पहुँचता था; यानी कि मैं ऊँचे स्थानों का निवासी था। यदि नियति के आदेश से मुझे खराद पर और छतों पर काम करने के बीच चुनाव करना पड़ जाता तो मैं छतों को ही चुनता, और ऊँचाई पर सिर चकराने के अनुभव से परिचित होता। कोयले की खानों, जहाज़ों के निचले हिस्सों, जहाँ सामान रहता है, ज़मीन के नीचे आने-जाने की सड़कों, गुफाओं और गड्ढों से मुझे घृणा थी। भूगर्भगामियों से तो मुझे विशेष घृणा हो गई थी। उनका दुस्साहस था कि हमारे समाचार-पत्रों के मुखपृष्ठ उनकी करामातों से भर दिए जाते थे, और उन करामातों से मुझे मतली आती थी। दो हज़ार फुट नीचे उतरने की चेष्टा करना—यह ख़तरा उठाते हुए कि चट्टानों की कीप में सिर न फँस जाए (उसे वे मूर्ख नली कहते हैं) मुझे तो लगता था कि विकारग्रस्त व्यक्तियों का काम है। उसकी तह में कोई अपराध-प्रवृत्ति है।

दूसरी तरफ़ किसी 1,500 फुट ऊँचे प्राकृतिक छज्जे पर, जहाँ से सूर्य के प्रकाश में नहाता समुद्र दीख पड़ता हो, मैं सबसे ज़्यादा खुलकर साँस ले सकता था—विशेषकर अगर अकेला होता, मानवी चींटे-चींटियों से बहुत ऊपर। मैं ख़ूब समझ सकता था कि धार्मिक

प्रवचन, निश्चयात्मक उपदेश और अग्नि-परीक्षाएँ सुगम ऊँचाइयों पर ही सम्भव क्यों होती थीं। मेरी राय में तहखानों या कारावास की कोठरियों में किसी ने चिन्तन न किया होगा (वे कोठरियाँ किसी मीनार में रही हों, जहाँ से दूर-दूर तक दीख पड़ता हो, तो और बात है); नहीं तो आदमी में फफूँदा लग जाता है, बस। और मैं उस व्यक्ति के मनोभाव भी समझ सकता था, जिसने धार्मिक पंथ में प्रवेश करने के बाद केवल इसलिए उसे त्याग दिया कि उसकी कोठरी से प्राकृतिक दृश्य का विस्तार दीखने के बजाय एक दीवार दीखती थी। इतना तो तय मानिए कि जहाँ तक मेरा प्रश्न था, मुझमें फफूँदा नहीं लगा। हर पहर अपने अन्तर में और दूसरों के बीच मैं ऊँचाइयों को लाँघकर भास्वर अग्नि प्रज्वलित करता था और एक आह्लादमय जयघोष मेरी ओर उठता चला आता था। इस प्रकार कम-से-कम मैं जीवन का और अपनी श्रेष्ठता का आनन्द उठा लेता था।

भाग्यवश मेरा पेशा ऊँचाइयों की मेरी प्रवृत्ति को तृप्ति प्रदान करता था। पड़ोसी के प्रति कटुता धुल जाती थी और मैं उस पर हमेशा अहसान किया करता था—हालाँकि मेरे ऊपर उसका कुछ देय नहीं था। यह भाव मुझे निर्णायक से श्रेष्ठतर बना देता था और मैं स्वयं उसके विषय में निर्णय देता था, प्रतिवादी के अतिरिक्त जिसे मैं विवश करता था कि मेरा आभार माने। मेरे मित्र, सोचिए ज़रा, मुझे जीवन में दंडविमुक्ति प्राप्त थी। किसी भी निर्णय से मेरा कोई निमित्त नहीं था; मैं न्यायालय में उपस्थित नहीं रहता था, बल्कि नेपथ्य में रहता था—उन देवताओं की तरह, जो नाटक की भूमिका की परिणति करके उसे अर्थ प्रदान करने के लिए किसी यंत्र द्वारा ऊपर से मंच पर उतारे जाते हैं। आख़िर

ऊँचाई पर रहकर ही तो अधिकतम व्यक्तियों को दर्शन देना और उनका अभिवादन पाना सम्भव है।

मेरे किन्हीं भले अपराधियों ने इसी भावना के वशीभूत होकर ही तो हत्या की थी। बाद में अपनी उस असहाय स्थिति में, जहाँ वे तब तक पहुँच चुके थे, समाचार-पत्रों को पढ़कर निस्सन्देह उन्हें एक प्रकार का वेदनामय परितोष मिला होगा। बहुतों की तरह उन्हें भी अज्ञात रहना असह्य हो गया था, और उनकी इस बेचैनी ने भी उन्हें दुर्भाग्य की इस सीमा तक पहुँचाया था। बदनामी के लिए अपने द्वार-रक्षक की हत्या करनी ही काफ़ी है। बदक़िस्मती से यह ख्याति साधारणत: क्षणभंगुर होती है। ऐसे कितने ही द्वार-रक्षक हैं जो हत्या के पात्र होते हैं और इस परिणति को प्राप्त भी करते हैं। अपराध को अख़बारों में शीर्षासीन होने का एकाधिकार सदा से प्राप्त है, किन्तु अपराधी तो क्षणिक प्रवेश ही पा सकता है; एक अपराधी का स्थान दूसरा लेता रहता है। संक्षेप में कहें तो ऐसी क्षणिक सफलता बहुत महँगी पड़ती है। पर इन अभागे महत्त्वाकांक्षियों के पक्ष में खड़ा होना, वास्तव में ख्याति प्राप्त करने का सुगम मार्ग सिद्ध होता है, सो भी उन्हीं स्थानों में, उसी समय और अधिक मितव्ययिता के साथ। परिणामस्वरूप इससे मुझे और भी अधिक पुण्य प्रयास करने की प्रेरणा मिलती थी कि उन्हें (मेरे मुवक्किलों को) कम-से-कम मूल्य चुकाना पड़े। किसी हद तक दातव्य वे मेरी जगह चुका ही रहे थे। जो आक्रोश, जो योग्यता और जो भावुकता मैं उन पर निछावर करता था, प्रतिदान में वह आभार की उस भावना को उड़ेल देते थे, जो मेरे मन में उनके लिए उठ सकती थी। न्यायाधीश दंड देते थे, प्रतिवादी प्रायश्चित्त करते थे और मैं, कर्तव्य के भावों से सर्वथा विमुक्त,

निर्णय तथा दंड दोनों से समानत: परिरक्षित, मैं था दिव्य ज्योति:स्नात, निर्बन्ध, महिमामंडित।

और सच बताइए बन्धु, क्या वह स्वर्ग नहीं था? जीवन और मेरे बीच कोई मध्यवर्ती नहीं! ऐसा था मेरा जीवन। मुझे कभी यह नहीं सीखना पड़ा कि जिया कैसे जाता है। उसके बारे में मैं जन्म लेते ही सब कुछ जान गया था। कुछ लोगों की समस्या होती है कि कैसे मनुष्यों से अपनी रक्षा करें, या कम-से-कम कैसे उनसे समझौता कर लें। पर मेरे लिए तो समझौता पहले ही हो चुका था। मेरी संगति सदा ठीक बैठती थी। उचित होता तो घुल-मिल जाता, आवश्यकता पड़ती तो मौन रहता। आचार-व्यवहार में गम्भीरता और सहज स्वाभाविकता दोनों के लिए समान रूप से समर्थ था। इसीलिए मेरी लोकप्रियता बहुत थी और समाज में मेरी सफलताएँ अनगिनत थीं। मेरी आकृति स्वीकार्य थी, बिना थके नाच सकने की क्षमता और विनयपूर्ण विद्धत्ता दोनों ही मैंने अपने-आप में प्रदर्शित की थीं, और मैंने नारी और न्याय दोनों से एक साथ प्रेम करने की—यह सरल नहीं है—सामर्थ्य प्राप्त कर ली थी। मैं ललित-कलाओं और खेल-कूद दोनों में रस लेता था। पर बहुत हुआ, अब मैं और न कहूँगा; नहीं तो कहीं आप यह शक न करने लगें कि मैं डींग हाँक रहा हूँ। मेरा तो इतना अनुरोध है कि आप ज़रा कल्पना कीजिए एक ऐसे व्यक्ति की जो अपनी शक्ति की पराकाष्ठा पर है, जिसका स्वास्थ्य उत्तम है, जिसको प्रतिभाएँ प्रदान करने में नियति ने उदारता दिखाई है, जो शारीरिक तथा मानसिक व्यापारों में कुशल है, जो न निर्धन है, न धनवान, जिसे चैन की नींद आती है, और जो मूलत: आत्मतुष्ट है; पर जो इस भाव को अपनी सहज मिलनसारिता के अतिरिक्त और किसी

तरह नहीं दिखाता। आप आसानी से समझ जाएँगे कि मैं कैसे श्लाघा के बिना सफल जीवन की बात कर सकता हूँ।

हाँ, मुझसे ज़्यादा सहज-स्वाभाविक कुछ ही जीव और रहे होंगे। मैंने जीवन के साथ पूर्ण एकरूपता प्राप्त कर ली थी, ऊपर से नीचे तक मैं उससे मेल खाता था, उसके निहित किसी व्यंग्य, गौरव अथवा दासत्व का परित्यांग किए बिना। विशेष रूप से काया, प्रकृति या संक्षेप में कहूँ तो भौतिक तत्त्व, जो बहुतेरों को अकेलेपन या प्रेम के क्षणों में विमुख या हतोत्साहित करते हैं, मुझे, बिना किन्हीं बन्धनों में बाँधे, निरन्तर सुख पहुँचाते रहे। मैं तो जैसे शरीर भोगने के लिए बना था। उसी से प्राप्त वह सन्तुलन और वह अनायास उत्कर्ष मुझमें था, जिसे लोग अनुभव करते थे; यहाँ तक कि कभी-कभी मुझसे यह भी कहते थे कि उससे उन्हें जीवन में सहायता मिली है। उसकी वजह से मेरी सोहबत की बहुत माँग रहती थी। अकसर लोगों को यों लगता था कि वे मुझसे पहले कहीं मिल चुके हैं। जीवन, उसके जन्तु और उसके उपहार मेरे लिए प्रस्तुत थे और मैं साभिमान कृपालुता से श्रद्धांजलि के इन चिह्नों को अंगीकार करता था। सच बात तो यह है कि चूँकि मैं सहज और सम्पूर्ण मानव था, मैं अपने को कुछ-कुछ अतिमानव समझने लगा था।

मैं एक प्रतिष्ठित पर ग़रीब परिवार में पैदा हुआ था। मेरे पिता एक सामान्य कर्मचारी थे, पर मैं सविनय स्वीकार करता हूँ कि किसी-किसी दिन मुझे लगता कि मैं किसी राजा का बेटा हूँ—इस वजह से नहीं कि मुझे पूरा विश्वास था कि मैं सबसे ज़्यादा बुद्धिमान हूँ। इस विश्वास से कोई लाभ भी नहीं, न जाने कितने मूर्ख ऐसा ही समझते हैं। बात यह थी कि यद्यपि ऐसा कहने में मुझे संकोच होता है—नियति की कृपाओं की

प्रचुरता से मैं अपने को विशिष्ट व्यक्ति समझने लगा था, मानो सबमें से एक दीर्घकालीन और अनवरत सफलता के लिए व्यक्तिगत रूप से मुझे ही चुना गया हो। ऐसा समझना भी मेरी विनयशीलता का ही परिणाम था। उस सफलता का श्रेय अपनी योग्यताओं को देना मुझे स्वीकार नहीं था और न ही मैं यह विश्वास कर पाता था कि एक ही व्यक्ति में इतने विविध और उत्कृष्ट सद्गुणों का होना केवल संयोग हो सकता है। इसीलिए अपने ख़ुशहाल जीवन में मुझे लगता था कि मेरा सुख किसी उच्चतर आदेश द्वारा अधिकृत किया गया है। जब आपको यह विदित होगा कि मेरा किसी धर्म में विश्वास नहीं था, तब आप और भी अच्छी तरह अनुमान लगा सकेंगे कि मेरी यह धारणा कितनी विलक्षण थी! ख़ैर, वह साधारण रही हो या नहीं, कुछ समय के लिए तो रोज़मर्रा की ज़िन्दगी से मुझे ऊपर उठाने के काम आई और मैं कुछ वर्षों तक वास्तव में उड़ानें भरता रहा। और सच कहूँ तो आज भी उनके लिए मेरा जी तड़प उठता है। मैं उड़ानें भरता रहा, उस शाम तक, जब—पर नहीं, वह बात ही और है, उसे भुला देना चाहिए। और शायद मैं कुछ बढ़ा-चढ़ाकर बातें कर रहा हूँ। यह तो सच है कि मैं हर तरह से मज़े में था, पर साथ ही किसी भी चीज़ से सन्तुष्ट न था। एक सुख की प्राप्ति दूसरे की आकांक्षा मेरे मन में जगाती थी। एक आनन्दोत्सव से दूसरे आनन्दोत्सव में मैं घूमता रहता था। कभी-कभी मैं रातें नाचते बिताता, लोगों और जीवन के बारे में अधिकाधिक पागल होता हुआ। कभी-कभी काफ़ी रात बीते, जब नाच, एक हल्का शरूर, मेरा निर्बाध उत्साह और हर एक का प्रचंड असंयम मुझे एक शान्त और पराभूत हर्षोन्माद से भर देते थे तब—शान्ति की चरम सीमा पर पहुँचकर, क्षण-भर के लिए, मुझे लगता कि आख़िर इस

संसार और उसके जन्तुओं का रहस्य मेरी समझ में आ ही गया। पर दूसरे ही दिन मेरी थकान ग़ायब हो जाती और उसके साथ ही रहस्य का ज्ञान भी। और मैं फिर नए सिरे से निकल पड़ता था। इसी तरह मैं दौड़ लगाता रहा, सदा उपहारों के भार से लदा, सर्वदा अतृप्त, यह न जानते हुए कि कहाँ रुक जाना चाहिए, उस दिन तक—या कहना चाहिए—उस शाम तक, जब संगीत थम गया और प्रकाश बुझ गया। उस चहकती महफ़िल में, जहाँ मैं इतना ख़ुश रह चुका था—पर मुझे अपने मित्र, उस आदिम जीव, को बुलाने की इजाज़त दें। इनका शुक्रिया अदा करने के लिए अपना सिर हिला दीजिए और एक प्याला शराब पीने में मेरा साथ दीजिए; मुझे आपकी सहानुभूति की आवश्यकता है।

देखता हूँ कि इस घोषणा से आप स्तम्भित हैं। क्या आपको कभी अचानक सहानुभूति, आश्रय या मित्रता की आवश्यकता नहीं पड़ी है? ज़रूर पड़ी होगी। मैंने मात्र सहानुभूति से सन्तुष्ट हो लेना सीख लिया है। वह ज़्यादा आसानी से मिल जाती है और इसके अलावा उसमें कोई बंधन भी नहीं। यह कहना कि 'मेरी प्रार्थना है कि आप मेरी सहानुभूति पर विश्वास करें', किसी भी अनन्य वार्ता का प्राक्कथन होता है, इसका कि अब हम दूसरे विषयों पर आएँ। यह तो सभाध्यक्ष की ही भावुकता है। किसी महाविपत्ति के बाद यह कह देना सस्ता पड़ता है। मित्रता इतनी सरल नहीं। उसे पाना मुश्किल है और पाने में काफ़ी समय लगता है, पर जब मिल जाती है तो उससे मुक्ति पाने का भी कोई उपाय नहीं। उसे भुगतना ही पड़ता है। पल-भर के लिए भी यह न समझ बैठिएगा कि आपके मित्र हर शाम आपको टेलीफ़ोन करेंगे, जो उन्हें करना चाहिए, यह पता करने के लिए कि कहीं आपने आत्महत्या करने का निश्चय तो

नहीं कर डाला है, या सिर्फ़ इतना ही पूछने के लिए आपको संग-साथ की ज़रूरत तो नहीं या आपका कहीं बाहर चलने का जी तो नहीं हो रहा है? नहीं, निश्चिन्त रहें, वे फ़ोन करेंगे तो उस शाम को जब आप अकेले न होंगे, जब ज़िन्दगी हसीन होगी। और रही आत्महत्या की, सो वे शायद आपको उस तरफ़ धकेलने में ही ज़्यादा सहायक होंगे, इस आधार पर कि आपका अपने प्रति दायित्व क्या है? बन्धु, मित्रों द्वारा ऊँचे सिंहासन पर बिठाए जाने से भगवान रक्षा करें! और जिनका कर्तव्य ही है कि हमें प्यार करें, मेरा मतलब है कुटुम्बियों और सम्बन्धियों से (वाह! क्या शब्द हैं!)—उनकी बात ही और है। उन्हें उपयुक्त शब्द मिल ही जाते हैं, और निशाना अचूक बैठता है; वे तो ऐसे फ़ोन करते हैं मानो चाँदमारी कर रहे हों और निशाना लगाना वे ख़ूब जानते हैं।

क्या? कौन-सी शाम? उस पर भी आऊँगा, ज़रा धीरज रखिए। एक तरह से तो चिपका ही हुआ हूँ अपने विषय से, मित्रों और सम्बन्धियों की ये सब बातें करके। बात यह है कि मैंने एक ऐसे आदमी के बारे में सुना है, जिसका मित्र क़ैद कर लिया गया था और वह अपने कमरे के फ़र्श पर इसलिए सोने लगा था कि उस आराम का भोग न करे, जो उसके मित्र से छीन लिया गया था। हमारे लिए बन्धु, कौन फ़र्श पर सोएगा? क्या मैं ही ऐसा कर सकता हूँ? मैं ज़रूर चाहूँगा कि कर सकूँ, और कर भी सकूँगा। हाँ, एक दिन हम सब ऐसा कर सकेंगे, और वही हमारा मोक्ष होगा। पर यह आसान नहीं है; क्योंकि मित्रता अन्यमनस्क होती ही है या कम-से-कम वृथा तो होती ही है। अपनी इच्छा पूर्ण करने में वह असमर्थ है। शायद उसकी इच्छा काफ़ी तीव्र न होती हो। शायद जीवन से हमारा पर्याप्त लगाव न हो। आपका ध्यान कभी इस पर गया है

कि केवल मृत्यु हमारी भावनाएँ जगाने में समर्थ होती है? हम अपने उन मित्रों को कितना प्यार करते हैं, जो अभी-अभी हमसे बिछुड़े हैं! अपने उन गुरुओं का कितना आदर करते हैं, जिनकी वाणी बन्द हो चुकी है, जिनके मुँह मिट्टी से ढाँप दिए गए हैं! तब श्रद्धा के भाव सहज व्यक्त हो उठते हैं—उसी श्रद्धा के, जिसकी आशा शायद वे जीवन-भर हमसे करते रहे। पर जानते हैं आप-हम मृतकों के प्रति अधिक उदार और न्यायशील क्यों होते हैं? कारण सरल है। बन्धन का उनके साथ कोई प्रश्न नहीं। वे हमें मुक्त छोड़ देते हैं और हम अपनी सुविधा के अनुसार अपनी श्रद्धा का प्रमाणपत्र देने का समय किसी कॉकटेल-पार्टी और प्रेमिका के साथ अभिसार के बीच, यानी अपने फ़ालतू वक़्त में नियत कर सकते हैं। अगर वे हमें बाध्य करें भी तो केवल याद रखने के लिए ही तो करेंगे, और हमारी स्मृति काफ़ी मन्द होती है। हाँ, हम अपने मित्रों में हाल के मरे हुओं से ही लगाव रखते हैं, दुखदायी मृतकों से ही, स्वयं अपनी भावनाओं से, अन्ततः अपने-आपसे ही।

उदाहरणार्थ मेरे एक मित्र थे, जिनसे मैं बहुत बचता था। वह मुझे उबा देते थे और इसके अलावा वह कुछ उपदेशक भी थे। पर जब वह अपनी मृत्यु-शय्या पर पड़े थे, तो मैं जा पहुँचा। मैंने एक दिन का भी नागा नहीं किया। वह मुझसे सन्तुष्ट होकर मरे, मेरे दोनों हाथ अपने हाथों में लिये हुए। और एक औरत थी जो मेरे पीछे पड़ी थी—बिलकुल बेकार। उसने बुद्धिमानी की कि युवावस्था में ही मर गई। कितनी जगह निकल आई अचानक मेरे दिल में उसके लिए! और जब साथ में आत्महत्या की हो! उफ़, ईश्वर, तब कैसी सुखद हलचल मचती है! आपके टेलीफ़ोन की घंटी बजती है, आपका हृदय उमड़ने लगता है, अर्थ-भरे और जान-

बूझकर छोटे किए वाक्यांश, आपकी संयत पीड़ा, और हाँ, और अपने ऊपर थोड़ा-सा दोषारोपण भी!

मनुष्य बना ही ऐसा है, बन्धु! उसके दो चेहरे हैं। आत्म-प्रेम के बिना वह प्रेम नहीं कर सकता। अपने पड़ोसियों पर ग़ौर कीजिए। मान लीजिए कि जिस भवन में वे रहते हैं, उसमें कोई मौत हो जाती है। वे अपनी नित्यप्रति की ज़िन्दगी में डूबे हुए हैं कि मान लीजिए, द्वारपाल की मौत हो जाती है। तुरन्त वे चौकन्ने हो जाते हैं, हाथ-पैर हिलाने-डुलाने लगते हैं। छोटी-से-छोटी बातों का पता लगाते हैं, सहानुभूति प्रकट करते हैं। कोई मरा नहीं कि नाटक का आरम्भ हो जाता है। जानते नहीं आप कि उन्हें दुःखद घटनाओं की ज़रूरत होती है। वह ऊर्ध्व-संचरण की उनकी छोटी-मोटी चेष्टा है, भूख जगाने की चीज़। पर क्या मैंने चौकीदार की बात केवल संयोग से की? मेरा भी था एक बदसूरत, मूर्तिमान विद्वेष, क्षुद्रता और दुर्भावना से भरा राक्षस, ऐसा कि जो फ्रांसिस्कन पादरी को भी हाथ न धरने देता। मैंने तो उससे बोलना तक बन्द कर दिया था, पर अपने अस्तित्व-मात्र से वह मेरे सहज सन्तोष को विचलित करता रहता। जब वह मरा तो मैं उसके अन्तिम संस्कार में शामिल हुआ। आप बता सकते हैं, क्यों?

ख़ैर, बहरहाल संस्कार के पहले के दो दिन बहुत रोचक रहे। चौकीदार की पत्नी बीमार थी, छोटे-से कमरे में पड़ी थी, और पास ही पायों पर ताबूत रखा था। हर एक को अपने ख़त लेने ख़ुद ही जाना पड़ता था। आप दरवाज़ा खोलते और कहते 'नमस्कार, श्रीमती जी', दिवंगत स्नेहपात्र की प्रशंसा के कुछ शब्द सुनते, जो वह उनके शरीर की तरफ़ इशारा करते हुए कहती थी, अपने ख़त उठाते और चले आते।

इस बात में कोई विशेष मनोरंजन नहीं था, पर उस भवन का प्रत्येक निवासी उनके कमरे से, जो कार्बोलिक की बू से भरा रहता था, गुज़रता ज़रूर था। किराएदार अपने नौकरों को नहीं भेजते थे, स्वयं ही जाते थे, ताकि इस अप्रत्याशित आकर्षण का रस ले सकें। नौकर भी जाते अवश्य थे, पर लुक-छिपकर। अन्त्येष्टि-क्रिया के दिन यह पता चला कि ताबूत दरवाज़े से ज़्यादा चौड़ा है। 'दइया रे दइया! पत्नी ने पलँग पर से ही कहा, अचम्भे के साथ, जिसमें हर्ष और व्यथा दोनों शामिल थे। 'कितने बड़े थे वह!' 'आप चिन्ता न करें, श्रीमती जी,' अंडरटेकर ने जवाब दिया, 'हम ताबूत को खड़ा करके एक किनारे से निकाल लेंगे। 'खड़ा करके ही उसे निकाला गया और फिर लिटा दिया गया। और केवल मैं (एक नाट्यशाला के भूतपूर्व द्वारपाल के साथ, जो पता चला कि रोज़ शाम स्वर्गवासी के साथ बैठकर परनाड पिया करता था) क़ब्रिस्तान तक गया, और एक ऐसे ताबूत पर फूल चढ़ाए, जिसकी विशालता ने मुझे चकित कर दिया था। फिर मैं चौकीदार की पत्नी से भेंट करने गया, उसका आभार प्राप्त करने के लिए, और उसके किसी महान दु:खान्त नाटक की नायिका की भाँति उसे व्यक्त किया। अब बताइए, इस सबके पीछे कारण क्या था? कुछ नहीं, केवल भूख जगानेवाली चीज़।

इसी तरह मैंने बार-एसोसिएशन के एक सहयोगी को दफ़नाया था। वह एक क्लर्क था, उसकी ओर कोई ध्यान नहीं देता था, हालाँकि मैं हमेशा उससे हाथ मिला लेता था। ख़ैर, जहाँ मैं काम करता था, वहाँ हर एक से हाथ मिलाता ही था, बहुतों से तो दो-दो बार। मेरा कुछ लगता थोड़े था, और इस तरह की शिष्टतापूर्ण सादगी मुझे वह लोकप्रियता दिला देती थी, जो मेरे सन्तोष के लिए बहुत ज़रूरी थी। बार-एसोसिएशन

के अध्यक्ष ने हमारे इस क्लर्क के अंत्येष्टि-संस्कार में कुछ ख़ास किया नहीं। पर मैंने किया, और सो भी यात्रा पर जाने के ठीक पहले, जिस बात का पर्याप्त प्रचार भी हुआ। मैं जानता था कि मेरी उपस्थिति लोगों का ध्यान आकर्षित करेगी और उसकी सराहना भी की जाएगी। इसलिए उस दिन गिरती हुई बर्फ़ भी मुझे पीछे नहीं हटा सकी।

क्या? जी हाँ, जी हाँ, मैं अभी पहुँचता हूँ उस पर, आप चिन्तित न हों। मैंने विषय छोड़ा ही कब है? पर पहले मैं यह अर्ज कर दूँ कि मेरे चौकीदार की पत्नी, जिसने क्रॉस की प्रतिमा और ताबूत के लिए चाँदी और बलूत के हैंडल बनवाने में इतना ख़र्च इसलिए किया था कि अपने उद्‌गारों का पूरा रस लेने का उसे मौक़ा मिले। एक ही महीने बाद एक बाँके के यहाँ, जिसकी आवाज़ बड़ी सुरीली थी, बैठ गई। वह उसे पीटता था, दर्दनाक चीख़ें सुनाई पड़ती थीं, और फिर तुरन्त ही वह खिड़की खोलकर अपनी विशेष पसन्द के गीत की टेर लगाता था—"नारी, तुम कितनी सुन्दर हो!" हाँ-हाँ, ठीक है, मगर तो भी...पड़ोसी कहा करते। 'तो भी' क्या? मैं आपसे ही पूछता हूँ। ठीक है, जो कुछ दीख पड़ता था वह गायक के ख़िलाफ़ था और चौकीदार की पत्नी के भी, पर कोई बात ऐसी नहीं थी, जो यह सिद्ध करे कि वे एक-दूसरे से प्रेम नहीं करते थे। और कोई ऐसी बात भी नहीं थी, जो यही सिद्ध करे कि वह औरत अपने पति से प्रेम नहीं करती थी। और जब वह बाँका अपनी बाँहों और गले को थकाकर भाग खड़ा हुआ, तो उस पति-परायणा पत्नी ने फिर से अपने स्वर्गवासी पति का स्तुतिगान शुरू कर दिया। और फिर मैं ऐसों को भी जानता हूँ, जिनके पक्ष में सब कुछ दीख पड़ता है; पर जो विशेष सच्चे और पक्के नहीं होते। मैं एक आदमी को जानता था, जिसने

एक पगली औरत पर अपनी ज़िन्दगी के बीस साल निछावर कर दिए, अपना सब कुछ उसकी ख़ातिर त्याग दिया—अपने मित्र, अपना धन्धा, यहाँ तक कि अपने जीवन की मान-मर्यादा भी—और फिर एक शाम उसे यह पता चला कि उसने उस औरत से कभी प्रेम नहीं किया था। वह अधिकांश लोगों की तरह ज़िन्दगी से केवल ऊबा हुआ था। इसलिए उसने शादी करके, अपने लिए जटिलता और नाटकीयता से भरे जीवन का निर्माण कर लिया था। कुछ तो होना ही चाहिए। अधिकांश मानवी बाध्यताओं का कारण इसी में निहित है। कुछ तो होना ही चाहिए, चाहे वह प्रेम-शून्य दासता ही क्यों न हो, युद्ध या मृत्यु ही क्यों न हो। तो फिर जय हो अंत्येष्टि-संस्कारों की!

पर मेरे पास कम-से-कम यह बहाना नहीं था। मुझे ऊब नहीं सता रही थी, क्योंकि मैं तो उठती हुई लहर के शिखर पर सवार था। जिस शाम की मैं चर्चा कर रहा था, उस शाम को तो मैं कह सकता हूँ कि और दिनों से भी कम ऊबा हुआ था। तो भी...बात यों है, बन्धु!...पतझड़ की सुहावनी शाम थी; शहर के वातावरण में गर्मी थी, पर सेन पर नमी छा चुकी थी। रात हो चली थी; आकाश में पश्चिम की ओर तब तक उजाला था, पर अन्धकार छाने लगा था; सड़क की बत्तियाँ टिमटिमा रही थीं। मैं बाएँ किनारे पौंडेज़ार्ट्स की तरफ़ घाटों पर धीरे-धीरे चलता हुआ जा रहा था। सेकंडहैंड किताबें बेचनेवालों की छोटी दुकानों के प्रकाश के बीच नदी चमक रही थी। घाटों पर बहुत कम लोग थे। पेरिस का नगर रात के खाने पर बैठ चुका था। मैं धूल-भरी पीली पत्तियों को, जो ग्रीष्म की याद दिलाती थीं, रौंदता हुआ चल रहा था। धीरे-धीरे आकाश तारों से भरता जा रहा था; सड़क की एक बत्ती छोड़कर दूसरी की तरफ़

जाते हुए वे एक क्षण को दीख जाते थे। मैं शान्ति की वापसी, संध्या की मृदुता और पेरिस के सूनेपन का रस ले रहा था। मैं सुखी था। दिन अच्छा गुज़रा था। एक अन्धा, सज़ा में कमी, जिसकी मैंने आशा की थी, मुवक्किल का पूरे दिल से हाथ मिलाना, उदारता के कुछ काम और दोपहर को मित्रमंडली में शासक-वर्ग की कठोर-हृदयता और नेताओं के पाखंड पर प्रत्युत्पन्न-मतित्व का प्रदर्शन।

मैं पौंडेज़ार्ट्स तक पहुँच गया था। उस समय वहाँ सुनसान था। मैं नदी को देखने के इरादे से गया था, रात हो जाने के कारण उसका पता लगाना कठिन था। बेर्त-गालाँ की प्रतिमा की तरफ़ मुँह किए खड़ा मैं उस द्वीप पर छा रहा था। मुझे अपने अन्तर से एक विराट शक्ति की अनुभूति उठती हुई जान पड़ी, और—नहीं जानता कैसे कहूँ—और सम्पूर्णता की। उसने मेरे हृदय को उल्लास से भर दिया। मैं तनकर खड़ा हो गया, और सिगरेट जलाने ही जा रहा था—सन्तोष की सिगरेट—जब उसी समय मेरे पीछे एक हँसी फूट पड़ी। चौंककर मैंने घूमकर देखा, वहाँ कोई नहीं था। मैं रेलिंग तक गया, कोई नाव या बजरा भी नहीं। मैं फिर द्वीप की तरफ़ मुड़ा और फिर मुझे वही हँसी अपने पीछे सुनाई पड़ी—ज़रा दूर जैसे धारा के प्रवाह में नीचे की ओर जा रही हो। मैं वहीं स्थिर खड़ा रहा। हँसी क्षीण होती जा रही थी; पर मैं अब भी उसे अपने पीछे साफ़ सुन सकता था। जाने कहाँ से आ रही थी, अगर पानी से नहीं तो! साथ ही मुझे अपने दिल की धड़कन बढ़ती हुई लगी। आप मुझे ग़लत न समझें। उस हँसी में कोई रहस्य नहीं था—अच्छी, खुली हुई, कह सकते हैं कि मित्रता की हँसी थी, जिसने हर चीज़ को उचित स्थान पर बिठा दिया था। और वैसे भी, कुछ देर बाद मुझे फिर कुछ भी सुनाई न दिया। मैं

घाटों पर लौट आया, रू दोफें की राह पकड़ी, सिगरेट ख़रीदे, जिनकी मुझे आवश्यकता नहीं थी। मेरा सिर चकरा रहा था और मेरी साँस तेज़ चल रही थी। उस शाम को मैंने एक मित्र को फ़ोन किया, वह घर पर नहीं था। बाहर जाने के बारे में मेरे मन में दुविधा हो रही थी, जबकि सहसा अपनी खिड़की के नीचे मुझे हँसी सुनाई दी। मैंने खिड़की खोल दी। नीचे सड़क की पटरी पर कुछ नौजवान शोर मचाते हुए एक-दूसरे से विदा ले रहे थे। खिड़की बन्द करते हुए मैंने सोचा, जाने दो। आख़िर मेरे पास एक मुक़दमा तैयार करने को था ही। एक गिलास पानी पीने मैं गुसलख़ाने में गया। शीशे में मेरा चेहरा मुस्करा रहा था, पर मुझे लगा कि मेरी मुस्कराहट दोहरी है।

क्या? माफ़ कीजिए, मैं कुछ और सोचने लगा था। मैं शायद आपसे कल मिलूँगा। जी हाँ, कल। नहीं-नहीं, मैं ठहर नहीं सकता। उसके अलावा वह जो भूरा भालू वहाँ बैठा है, मेरी राय लेने के लिए मुझे बुला रहा है। अच्छा आदमी है, बेशक पुलिस केवल दुराग्रहवश, नीचता से उसे सता रही है। आपके ख़याल में उसकी आकृति हत्यारों-जैसी है? विश्वास रखिए, उसके कर्म उसकी आकृति से ही मेल खाते हैं। चोरी भी वह उसी प्रकार करता है। और आपको जानकर आश्चर्य होगा, यह आदिम-जीव कलाकृतियों के व्यापार का विशेषज्ञ है। हॉलैंड देश में हर आदमी कलाकृतियों और ट्यूलिप के फूलों का विशेषज्ञ होता है। यह जो है, यह जो बड़ा विनयशील लगता है, यह सबसे प्रसिद्ध चित्र-चौर्य का कर्ता है। कौन-सा चित्र? किसी दिन शायद आपको बताऊँ। पर मेरी जानकारी पर आप आश्चर्य न करें। यद्यपि मैं एक अनुतापी-निर्णायक हूँ यहाँ पर मेरा एक धन्धा है। इन सज्जनों का मैं क़ानूनी सलाहकार हूँ। मैंने

इस देश के क़ानून का अध्ययन किया और इस मोहल्ले में मुवक्किलों की जमात इकट्ठा कर ली। यहाँ क़ानूनी डिग्री की आवश्यकता नहीं पड़ती। आसान नहीं था, पर मैं दूसरों में विश्वास जगाता हूँ; है न? मेरी हँसी बढ़िया खुली हुई है, मेरा हाथ मिलाना शानदार है, और ये गुण तुरुप के पत्ते हैं। इसके अलावा मैंने कुछ जटिल मुक़दमों को हल किया था, शुरू में अपने हित के लिए और बाद में ठीक समझकर। यदि चोर और दलाल हर बार सज़ा पा जाएँ तो सब मर्यादापूर्ण व्यक्ति यह सोचने लगेंगे कि वे स्वयं निरन्तर निर्दोष रहे हैं, और मेरी राय में...हाँ-हाँ आ रहा हूँ भाई...उस परिणति का तो किसी भी मूल्य पर परिहार करना ही चाहिए। नहीं तो सब कुछ एक उपहास बन जाएगा।

मैं वास्तव में बहुत अनुग्रहीत हूँ—मेरे प्यारे स्वदेशवासी बन्धु, आपकी जिज्ञासा के लिए। पर मेरी गाथा में कुछ भी असाधारण नहीं है। चूँकि आपने दिलचस्पी दिखाई है, इसलिए मैं आपको बताता हूँ कि कुछ दिन उस हँसी के बारे में मैंने सोचा-विचारा, फिर मैं उसे भूल गया। कभी-कदा मुझे अपने अन्तर में वह सुनाई पड़ जाती थी। पर ज़्यादातर बिना कोई प्रयत्न किए मैं और चीज़ों के बारे में सोचता रहता था।

तो भी यह मुझे बताना पड़ेगा कि पेरिस के घाटों पर टहलना मैंने छोड़ दिया। जब कभी किसी मोटर या बस में मैं घाटों के किनारे से गुज़रता था, तो एक प्रकार का मौन मेरे ऊपर छा जाता था। मैं शायद इन्तज़ार करता था। पर मैं सेन पार कर लेता था और होता कुछ नहीं था; रोकी साँस फिर चलने लगती थी। उसी समय स्वास्थ्य की ओर से

भी मुझे कुछ चिन्ता रही। कोई निश्चित रोग नहीं, शायद उदासी, अपना उल्लास फिर से प्राप्त करने में एक प्रकार की कठिनाई। मैं डॉक्टरों के पास गया, उन्होंने मुझे स्फूर्तिदायक दवाइयाँ दीं। मेरे मन में एकान्तर क्रम से कभी स्फूर्ति और कभी अवसाद के भाव आते-जाते रहे। मेरे लिए जीवन कुछ कम सरल हो गया। जब शरीर उदास हो तो हृदय भी व्यथित रहता है। मुझे लगता था, मैं उस चीज़ को भुलाए दे रहा हूँ, जो मैंने कभी सीखी नहीं थी; पर जानता बहुत अच्छी तरह था—यानी जीना। हाँ, मैं सोचता हूँ सब कुछ तभी शुरू हुआ।

पर आज शाम भी मैं पूरी तरह स्वस्थ नहीं हूँ। आज तो मुझे बात कहने में भी कठिनाई हो रही है। मुझे लगता है कि मैं ठीक से बोल नहीं पा रहा हूँ और अपने शब्दों के बारे में मुझे वांछित आत्मविश्वास नहीं है। शायद मौसम का असर है। साँस लेने में मुश्किल हो रही है। वातावरण में इतना भारीपन है कि सीने को दबा रहा है। आपको बाहर चलकर शहर में घूमने में कोई एतराज़ तो न होगा, बन्धु? शुक्रिया!

आज शाम ये नहरें कितनी सुन्दर लग रही हैं! मुझे स्थिर, प्रवाहहीन जल की साँसें प्रिय हैं; नहर में डूबी हुई सूखी पत्तियों की गन्ध प्रिय है, और फूलों से लदे बजरों पर से उठती हुई अंत्य-गन्ध प्रिय है। नहीं-नहीं, मैं आपको विश्वास दिलाता हूँ कि इस रुचि में कुछ भी दूषित नहीं है, बल्कि यह तो मेरा एक निश्चयात्मक कर्म है। सच बात तो यह है कि मैं इन नहरों को पसन्द करने के लिए अपने-आपको मजबूर करता हूँ। आपको बताऊँ, संसार में मुझे सबसे अधिक प्रिय है सिसली और विशेषकर एट्ना की चोटी से सूर्य के प्रकाश में उसका दृश्य, बशर्ते कि समुद्र और द्वीप पर मैं छाया हुआ होऊँ। जावा भी प्रिय है, पर केवल

व्यापारी वायुओं के समय। हाँ, मैं युवावस्था में वहाँ गया था। सामान्यत: मुझे सब द्वीप प्रिय हैं। उन पर छा जाना ज़्यादा आसान है।

प्यारा मकान है, है न? ऊपर जो आप दो सिर देख रहे हैं, वे हब्शी ग़ुलामों के हैं। दुकान का साइनबोर्ड है। घर ग़ुलामों के एक व्यापारी का था। उन लोगों में आत्मविश्वास था। वे घोषणा करते थे—"देखते हैं आप, मैं समृद्धिशाली हूँ, मैं ग़ुलामों का व्यापार करता हूँ, काले मांस का मेरा कारोबार है।" आप सोचते हैं, आज कोई खुलेआम कह सकेगा कि यह है उसका धन्धा? उफ़, कैसा अनाचार है! मानो मुझे अपने पेरिसी सहयोगियों के स्वर सुनाई दे रहे हैं। वे इस विषय के सम्बन्ध में दृढ़ हैं। दो-तीन घोषणा-पत्र प्रकाशित करने में उन्हें संकोच न होगा—या दो-तीन से ज़्यादा भी। और सोच-विचारकर मैं भी अपना दस्तख़त उन दस्तख़तों में शामिल कर देता। ग़ुलामी? कदापि नहीं। हम उसके विरुद्ध हैं। अपने घरों या कारखानों में इसे स्थान देने की लाचारी हमें हो सकती है—ख़ैर वह तो स्वाभाविक है, पर उसके बारे में बढ़-बढ़कर बातें करना! बिलकुल हद है!

मैं ख़ूब जानता हूँ कि बिना आधिपत्य जमाए या सेवा स्वीकार किए आप काम नहीं चला सकते। हर एक व्यक्ति को ग़ुलामों की उसी प्रकार आवश्यकता है जिस प्रकार स्वच्छ वायु की। आदेश देना, साँस लेना है, आप सहमत हैं मुझसे? फिर अत्यधिक दीन-हीन भी साँस लेते ही हैं। सामाजिक शृंखला की निम्नतम कड़ी पर जो व्यक्ति है, उसके भी बीवी-बच्चे तो हैं ही। और अगर अविवाहित है तो उसके पास कुत्ता तो है। मूल बात तो यह है कि आप ऐसे व्यक्ति पर ग़ुस्सा हो सकें, जिसे उलटकर जवाब देने का अधिकार न हो। 'अपने पिता को उलटकर जवाब

नहीं दिया जाता,' आप जानते हैं न इस उक्ति को? एक तरह यह बड़ी विचित्र बात है। दुनिया में जवाब कोई किसे दे, अगर उसे नहीं जिससे प्रेम करता हो? दूसरी तरह यह बात विश्वासजनक है। किसी-न-किसी को तो आख़िरी बात कहनी ही होगी। नहीं तो हर एक तर्क के जवाब में दूसरा तर्क हाज़िर किया जा सके और इस तरह कभी किसी बात का अन्त ही न हो। दूसरी तरफ़, शक्ति हर मामले को हल कर देती है। समय तो लगा, पर अन्त में यह बात हमारी समझ में आ गई। मिसाल के लिए आपने ग़ौर किया होगा कि हमारे पुरातन यूरोप की दार्शनिकता आख़िरकार अब सही रास्ते पर आ गई है। पुराने सीधे-सादे ज़माने में हम जैसे कहते थे, अब नहीं कहते कि 'यह मेरा मत है। आपकी क्या आपत्तियाँ हैं' हम ज़्यादा स्पष्ट हो गए हैं। संलाप के स्थान पर हमने विज्ञप्ति प्रतिष्ठित कर दी है। "सत्य यह है," हम कहते हैं, "आप जितनी चाहें इस पर बहस कर लें, हमें कोई दिलचस्पी नहीं, पर कुछ साल में पुलिस आपको दिखा देगी कि हमारी बात सही ही है।"

और यह प्यारा पुरातन ग्रह! अब सब कुछ साफ़ हो गया है। हम अपने-आपको जान गए हैं; हम अपनी क्षमता से परिचित हों गए हैं। मुझे ही ले लीजिए—विषय न सही, उदाहरण में ही परिवर्तन ला दें। मेरी हमेशा इच्छा रही है कि मेरी सेवा मुस्कराते हुए की जाए। अगर नौकरानी की मुखमुद्रा दुःख-भरी होती थी तो मेरे दिन विषाक्त हो जाते थे। बेशक, उसे प्रसन्न न रहने का अधिकार था। पर मैं अपने-आपसे कहता था कि उसके लिए बेहतर होगा कि रो-रोकर काम करने के बजाय हँसते-हँसते करे। असल में बेहतर तो मेरे लिए था। फिर भी शान बघारने का सवाल नहीं है, पर मैं समझता हूँ कि मेरा तर्क कोई मूर्खतापूर्ण नहीं था। यों ही

मैं चीनी रेस्तराँ में खाने से सदा इनकार करता रहा। क्यों? क्योंकि जब वे मौन रहते हैं, और गोरी चमड़ीवाला के सामने रहते हैं, तो पूरब के रहनेवालों के चेहरे पर अकसर अवज्ञा के भाव होते हैं। स्वाभाविक है कि खाना परोसते समय भी उनके चेहरे का भाव वही बना रहता है। फिर इस दशा में कैसे आप मुर्ग का मज़ा ले सकते हैं? और सबसे बड़ी बात, कैसे आप उनकी तरफ़ देखते हुए भी सोच सकते हैं कि आप हर तरह ठीक-ठाक हैं?

तो मैं यों कहूँगा कि दासता मुस्कराती हुई, इसीलिए अनिवार्य है। पर हमें यह बात स्वीकार नहीं करनी चाहिए। क्या यह बेहतर नहीं कि जो ग़ुलामों के बिना अपना काम नहीं चला सकता, वह उन्हें 'स्वाधीन' घोषित करे? पहले तो सिद्धान्त के नाते और दूसरे इसलिए ताकि वे घोर नैराश्य में न डूब जाएँ। यह मुआवज़ा तो उन्हें हमारी तरफ़ से पाने का अधिकार है ही, क्यों? इस तरह वे मुस्कराते रहेंगे और हम अपने वर्तमान को परितुष्ट बनाए रख सकेंगे। नहीं तो हमें अपने बारे में अपनी राय पर पुनर्विचार करना पड़ जाएगा; हम वेदना से पागल हो उठेंगे या फिर विनीत बन जाएँगे, क्योंकि कुछ भी सम्भव है। फलस्वरूप दुकानों पर साइनबोर्ड न होंगे...और यह साइनबोर्ड तो बहुत ही बुरा लगता है। इसके अलावा अगर हर आदमी सब कुछ बता दे, अपना सच्चा व्यवसाय और सच्चा परिचय दे दे, तो हमारी समझ में न आएगा कि किधर जाएँ। ज़रा ख़याल तो कीजिए विज़टिंग कार्डों का—'ड्यूपो विशृंखल दार्शनिक' या 'धर्मनिष्ठ ज़मींदार' या 'व्यभिचारी मानवतावादी'; सच पूछिए तो बड़ा ही विस्तृत क्षेत्र है। पर एकदम नारकीय हो जाएगा सब। हाँ, नरक ऐसा ही होगा—दुकानों के साइनबोर्डों से भरी सड़कें और अपना आशय स्पष्ट

करने का कोई उपाय नहीं। एक बार जो वर्गीकरण हो गया, सो हो गया।

आप अपने को ही ले लीजिए मेरे स्वदेशवासी बन्धु, ज़रा ठहरकर सोचिए तो कि आपका साइनबोर्ड क्या होगा? आप चुप हैं? ख़ैर, बाद में बताइएगा। मैं अपना तो जानना हूँ—'दो मुँह वाला, प्यारा जेनस' और ऊपर संस्था का आदर्श-वाक्य 'इस पर विश्वास न करो।' और मेरे कार्डों पर होगा 'जाँ-बैपतिस्त क्लेमेंस, नाटक खेलनेवाला।' जिस शाम की मैंने आपसे चर्चा की थी, उसके बाद मुझे एक बात पता चली। जब मैं किसी अन्धे को पटरी तक पहुँचाकर विदा लेता था तो अपनी टोपी उठाकर। साफ़ है कि टोपी उठाकर अभिवादन करना अन्धे के लिए तो था नहीं, वह तो देख ही नहीं सकता था। था किसके लिए? जनता के। अपना पार्ट अदा करके मैं जनता को सलाम झुकाता था। कुछ बुरा नहीं, क्यों? उन्हीं दिनों एक दिन जब एक मोटर चलानेवाले ने सहायता के लिए मुझे धन्यवाद दिया तो मैंने कहा, "कोई भी इतना न करता।" मेरा मतलब था, 'इतना तो कोई भी कर देता।' पर उस कमबख़्त भूल का बोझ मेरे मन पर बना रहा। विनयशीलता में तो मैं वाक़ई तीसमारख़ाँ था।

मुझे नतशिर होकर स्वीकार करना पड़ता है, मेरे स्वदेशवासी बन्धु कि मैं दम्भ से भरा था। 'मैं, मैं, मैं,' यही मेरी जीवन-रागिनी की टेक रही है, और जो भी बात मैं करता था, उसी में यह सुनाई पड़ सकती थी। बिना शान बघारे मैं बात ही नहीं कर सकता था। ख़ासतौर से तब, जब मैं अपनी ध्वस्तकारी विवेक की शैली को अपनाता था, जिसका मैं पंडित था। यह बिलकुल सच है कि मैं जीवन में हमेशा स्वतंत्र और शक्तिशाली रहा। औरों के साथ अपने सम्बन्धों में मैं अनुभव करता था कि मैं मुक्त हूँ, सिर्फ़ इसलिए कि मैं किसी को अपने बराबर का नहीं मानता था। मैं

आपको बता ही चुका हूँ कि मैं अपने को हर एक से ज़्यादा बुद्धिमान समझता था। मैं अपने को ज़्यादा कुशल और ज़्यादा संवेदनशील भी समझता था, अचूक निशानेबाज़, बेजोड़ ड्राइवर और प्रेम-व्यापार में अनुपम। उन क्षेत्रों में भी, जहाँ मुझे अपनी हीनता का प्रमाण पाना मुश्किल नहीं था, जैसे टेनिस में—मैं बस साथ खेल-भर लेता था—मेरे लिए यह सोचना कठिन था कि अभ्यास करने का थोड़ा समय मिले तो मैं श्रेष्ठतम खिलाड़ियों से आगे न पहुँच जाऊँगा। मुझे अपने अन्दर श्रेष्ठताओं के अलावा और कुछ न दीखता था और इसीलिए मैं शान्त प्रकृति का था, सौजन्य से भरा रहता था। जब मैं दूसरों के मामले में पड़ता था तो मात्र कृपा से प्रेरित होकर, पूर्ण रूप से स्वाधीन; पर सारा श्रेय मुझे ही प्राप्त होता था। मेरी आत्म-श्लाघा एक डिग्री और बढ़ जाती थी।

कुछ और वास्तविकताओं के साथ-साथ इनकी भी उस शाम के, जिसकी मैंने आपसे चर्चा की थी, बाद के काल में धीरे-धीरे मुझे जानकारी हुई। सब कुछ एक साथ ही नहीं, न ही बहुत स्पष्ट रूप से। पहले तो मुझे अपनी स्मरण-शक्ति फिर से प्राप्त करनी पड़ी। धीरे-धीरे मुझे ज़्यादा साफ़ दीखने लगा। मुझे जो ज्ञान प्राप्त था, उसी की मैंने शिक्षा ली। उस समय तक मुझे विस्मरण की विलक्षण योग्यता से सदा सहायता मिलती रही थी। मैं सब कुछ भूल जाता था; शुरुआत अपने संकल्पों से होती थी। कोई बात ऐसी नहीं थी, जिसका गहरा प्रभाव पड़े। युद्ध, आत्महत्या, प्रेम, ग़रीबी, सब मेरा ध्यान आकर्षित करते अवश्य थे, जब परिस्थितियाँ बाध्य करती थीं तब, पर वह केवल औपचारिक और सतही ध्यान होता था। कभी-कभी मैं अपने दैनिक जीवन के बाहर की किन्हीं बातों के लिए भी उत्तेजित होने का ढोंग किया करता था। पर बिलकुल सच पूछिए तो मैं

वास्तव में उनमें पड़ता नहीं था—सिवा उस वक़्त जब मेरी स्वतंत्रता में बाधा पहुँच रही हो। कैसे कहूँ मैं इस बात को! हर एक चीज़ मेरे ऊपर से फिसल जाती थी—हाँ, बस सरकती जाती थी।

पर इन्साफ़ करें हम लोग। कभी-कभी मेरा भुलक्कड़पन प्रशंसा के योग्य होता था। आपने देखा होगा कि कुछ लोगों का धर्म यही है कि सबके कसूर माफ़ कर दें, और वे माफ़ कर भी देते हैं, पर उन्हें भुला नहीं पाते। मैं इतना भला तो नहीं था कि कसूरों को माफ़ कर देता, पर अन्त में सदा उन्हें भुला दिया करता था। और फिर, जो आदमी सोचता था कि मैं उससे घृणा करता हूँ उसके आश्चर्य का ठिकाना न रहता था, जब देखता था कि मैं टोपी उठाकर मुस्कराता हुआ उसका अभिवादन कर रहा हूँ। तब अपने स्वभाव के अनुरूप वह या तो मेरे महान चरित्र की स्तुति करता था, या मेरे अशिष्ट आचरण की भर्त्सना। वह यह न समझ पाता था कि कारण इनसे कहीं सीधा-सादा है। मैं उसका नाम तक भूल चुका होता था। वही कमज़ोरी, जो किन्हीं स्थितियों में मुझे कृतघ्न या उदासीन बना देती थी, ऐसी स्थितियों में अत्यन्त उदार भी बनाती थी।

परिणामत: दिन-पर-दिन, मेरे जीवन की श्रृंखला को बाँधनेवाला और कुछ न रहा, केवल वही 'मैं, मैं, मैं'। औरतों के संग, पाप और पुण्य में—आने वाले कल का कोई ध्यान नहीं—हर दिन अपने में ही सीमित—ठीक जैसे कुत्ते; पर हर दिन 'मैं' अपनी जगह पर जमा हुआ। इस तरह मैं ज़िन्दगी की सतह पर जीता रहा, जैसे शब्दों की दुनिया में वास्तविकता से परे। वे सारी किताबें, नाम के लिए पढ़ी हुईं; वे सारे दोस्त, जिनसे मुहब्बत नाम के लिए थी; वे सारे शहर, जिनको नाम-भर के लिए देखा था; और वे सारी औरतें, नाममात्र के लिए अपनाई हुईं। या तो ऊब

से या अनमनेपन से मैं मात्र चेष्टाएँ करता रहा। फिर आए इनसान; वे चिपक जाना चाहते थे, पर उन्हें थामने के लिए कुछ मिला नहीं, और यह दुर्भाग्य की बात थी, उनके लिए। रही मेरी बात, सो मैंने भुला दिया। मुझे अपने अलावा और किसी चीज़ की याद ही नहीं रहती थी।

फिर धीरे-धीरे मेरी स्मरण-शक्ति वापस लौटी। या कहें कि मैं ही उस तक वापस पहुँचा और उसमें मुझे यह स्मृति मिली, जो मेरी प्रतीक्षा कर रही थी। पर उसकी चर्चा करने के पहले आप इजाज़त दें तो कुछ मिसाल पेश करूँ? मेरा विश्वास है कि ये आपके लिए उपयोगी सिद्ध होंगी—बताने के लिए कि मैंने अपनी खोज के दौरान में क्या-क्या पाया।

एक दिन अपनी मोटर में जाते हुए जब मैंने चौराहे पर हरी बत्ती का इशारा पाकर भी आगे बढ़ने में सुस्ती की और हमारे कई सन्तोषी नागरिक फ़ौरन मेरे पीछे ज़ोर-ज़ोर से हॉर्न बजाने लगे, तो मुझे सहसा एक घटना याद हो आई जो इसी तरह की परिस्थिति में घटी थी। चश्मा लगाए और प्लस-फोर पहने एक दुबले-पतले ज़रा-से आदमी ने अपनी मोटरसाइकिल मेरे सामने ले आकर लाल बत्ती के पास खड़ी कर दी थी। जब उसने मोटरसाइकिल रोकी तो उसका इंजन बन्द हो गया था, और उसे फिर से चालू करने की वह व्यर्थ चेष्टा कर रहा था। जब रोशनी बदली तो मैंने अपनी सामान्य शालीनता से उससे प्रार्थना की कि वह अपनी मोटरसाइकिल रास्ते से हटा ले ताकि मैं आगे बढ़ सकूँ। वह बेचारा अपने खों-खों करते हुए इंजन से जूझ रहा था; अत: उसने पेरिसी शिष्टता के अनुसार जवाब दिया, 'जाओ, जाकर पेड़ पर चढ़ जाओ।' मैंने फिर ज़ोर दिया—शालीनता से ही, पर अधीरता का हल्का-सा भाव अपने स्वर में लाते हुए। फ़ौरन मुझसे कहा गया—और काफ़ी स्पष्ट

शब्दों में कहा गया—कि मैं जहन्नुम को जा सकता हूँ। उधर तब तक अनेक हॉर्न मेरे पीछे बजने लगे थे। बड़ी दृढ़ता से मैंने अपने प्रतिवादी से प्रार्थना की कि वह भलमनसाहत से पेश आए और यह समझ ले कि वह सारा ट्रैफ़िक रोक रहा है। उस चिड़चिड़े आदमी ने—शायद तब तक वह अपने इंजन के दुर्व्यवहार से बहुत परेशान हो चुका था—मुझे ज्ञापित कराया कि अगर मैं ख़ूब अच्छी तरह अपनी मरम्मत करवाना चाहता होऊँ तो वह बड़ी ख़ुशी से करने को तैयार है। इस प्रकार के बेहूदेपन ने मुझमें एक स्वस्थ आक्रोश उत्पन्न कर दिया और मैं इस इरादे से अपनी मोटर से उतरा कि उस बदज़बान की अच्छी तरह पिटाई करूँ। यह मैं नहीं समझता कि मैं कायर हूँ। (पर क्या-क्या विचार आदमी के मन में नहीं उठते!) मैं अपने प्रतिद्वन्द्वी से एक बालिश्त लम्बा था, मेरी मांसपेशियाँ भी हमेशा दृढ़ और सुडौल रही हैं। अब भी मेरा विश्वास है कि मरम्मत उसकी होती, न कि मेरी। पर मैंने ज़मीन पर पैर रखा ही था कि जमा होती हुई भीड़ में से एक आदमी आगे बढ़ा और मुझसे बोला कि मैं धूल का कीड़ा हूँ और वह मुझे उस आदमी पर हाथ न उठाने देगा, जिसके पैरों के बीच मोटरसाइकिल है, और जिसकी वजह से मैं उसके साथ उलझने में फ़ायदे में हूँ। मैं उस योद्धा की तरफ़ मुड़ा, पर सच कहूँ तो मैंने उसे देखा भी नहीं। मैंने अपना सिर घुमाया ही था कि मुझे मोटरसाइकिल की फटफट सुनाई पड़ी और बड़े ज़ोर का एक घूँसा मेरी कनपटी पर पड़ा। इसके पहले कि मैं समझूँ-बूझूँ कि हुआ क्या, मोटरसाइकिल चली गई। चक्कर खाता हुआ सिर लिये मैं यंत्रवत् फिर दार्तानियो की तरफ़ बढ़ा कि उसी समय अब तक काफ़ी संख्या में इकट्ठी मोटरों से हॉर्नों का तुमुल-नाद शुरू हो गया। बत्ती हरी होने लगी

थी। तब कुछ किंकर्तव्यविमूढ़-सा, उस मूर्ख की मरम्मत किए बिना ही दुम दबाए मैं अपनी मोटर पर वापस चला गया और मोटर स्टार्ट कर दी। जब मैं उस मूर्ख के पास से गुज़रा तब उसने 'बेवकूफ़! गधा!' कहकर मेरी अभ्यर्थना की। मुझे आज भी याद हो आती है।

बिलकुल ही तुच्छ कथा है, आपकी राय में? हाँ, शायद। फिर भी उसे भुलाने में मुझे कुछ समय लगा और यही तत्त्व की बात है। मेरे पास बहाने थे, बेशक। मैंने बिना जवाब दिए मार खा ली थी, लेकिन मुझ पर कायरता का आरोप नहीं लगाया जा सकता था। अचानक एक साथ दो तरफ़ से सम्बोधित किए जाने पर मैं चकरा गया था; मेरे दिमाग़ में सब गड़बड़ा गया था, और मोटर के हॉर्नों की भों-भों ने तो मेरी घबराहट का बचा-खुचा हिस्सा भी पूरा कर दिया था। पर मैं उसके बारे में इस तरह दुखी था, जैसे मैंने मर्यादा के नियमों का उल्लंघन किया हो। मेरी नज़रों के सामने बिना किसी प्रतिक्रिया के मोटर की तरफ़ अपना वापस जाना आ जाता था; भीड़ की व्यंग्य-भरी दृष्टि मुझ पर थी और वह भीड़, जहाँ तक मुझे याद है, इस वजह से और भी ज़्यादा आनन्द ले रही थी कि मैं एक बढ़िया नीला सूट पहने था। मेरे कानों में 'बेवकूफ़, गधा' गूँजता रहा और सब बातों के बावजूद यह मुझे मुनासिब ही लगता था। संक्षेप में कहूँ तो जनता के सामने मेरा मानमर्दन हो गया था। बेशक, परिस्थितियों के क्रम के कारण; पर परिस्थितियाँ तो हमेशा ही रहती हैं। बाद में मुझे साफ़ दीखा कि मुझे क्या करना चाहिए था। मैं कल्पना करता कि मैंने दार्तानियो को जबड़े पर घूँसा मारकर गिरा दिया है, अपनी मोटर में वापस पहुँचा हूँ, उस बन्दर का , जिसने मुझे मारा था, मैंने पीछा किया है; उसे पकड़ लिया है, उसकी मोटरसाइकिल दबाकर किनारे लगवा दी है और एक

तरफ़ ले जाकर ख़ूब अच्छी तरह उसकी मालिश की है, जो कि उसने पूरी तरह कमाई थी। कुछ हेर-फेर करके यह छोटी-सी फ़िल्म सैकड़ों बार मेरे कल्पना-पट पर आती-जाती रही। पर मौक़ा हाथ से निकल चुका था और कई रोज़ तक एक कड़वा आक्रोश मुझे कचोटता रहा।

अरे, पानी फिर बरसने लगा! आइए क्यों न हम लोग इस बरसाती के नीचे रुक जाएँ! ठीक। हाँ, तो मैं कहाँ था? हाँ-हाँ मान-मर्यादा। मुझे जब उस घटना का पुन: स्मरण हुआ तो मेरी समझ में आया कि उसके अर्थ क्या हैं। आख़िरकार मेरा स्वप्न यथार्थ के सामने टिक नहीं पाया था। यह साफ़ ज़ाहिर था कि मैंने एक सम्पूर्ण मानव होने का सपना देखा था—एक ऐसे मानव का जो व्यक्तिगत रूप से और अपने व्यवसाय में सम्मान प्राप्त कर सका था। आप चाहें तो कह लें आधा सेर्दां और आधा डि गोल। थोड़े में कहूँ तो मैं हर चीज़ पर छा जाना चाहता था। इसीलिए मैं शान दिखाता था, दिमाग़ी प्रतिभा के बजाय शारीरिक कला-कौशल का प्रदर्शन करना चाहता था। पर सबके सामने बिना चूँ-चपड़ किए मार खा लेने के बाद मेरे लिए सम्भव न था कि अपना वह चित्र सँजोए रख सकूँ। अगर मैं सचाई और बुद्धिमानी के प्रति इतना निष्ठावान होता, जितना कि मैं कहता था कि मैं हूँ तो वह घटना मेरे लिए क्या महत्त्व रखती! जो उसके साक्षी रहे थे, वे तो उसे भुला चुके थे। मैं बिना वजह ग़ुस्सा हो जाने के लिए अपने को कुछ कोस लेता और कुछ इसके लिए भी कि ग़ुस्सा करने के बाद दिमाग़ सही न रख सकने के कारण अपने ग़ुस्से के परिणामों का भी समुचित सामना नहीं कर सका। उसके बजाय मैं बदला लेना चाहता था, मारकर विजय पाना चाहता था। जैसे मेरी सच्ची आकांक्षा पृथ्वी पर सबसे अधिक बुद्धिमान होने की या सबसे अधिक उदार होने

की न रही हो, बल्कि यह रही हो कि जिसे मैं चाहूँ मारकर गिरा सकूँ, यानी बिलकुल प्राथमिक अर्थों में अधिक शक्तिशाली सिद्ध होऊँ। सच बात तो यह है कि हर बुद्धिजीवी गुंडों का सरदार होने के और समाज पर मात्र शक्ति के सहारे आधिपत्य ज़माने के सपने देखता है। चूँकि यह उतना सरल नहीं है जितना कि जासूसी उपन्यासों में लिखा रहता है, इसलिए आदमी ज़्यादातर राजनीति का सहारा लेता है और लपककर क्रूरतम दल में शामिल हो जाता है। हर्ज क्या है अगर अपने विवेक का अपमान करके मनुष्य हर एक पर आधिपत्य ज़माने में सफल हो सके? मुझे अपने अन्तर में आतंक ज़माने के मधुर सपनों का आभास मिला।

कम-से-कम इतना तो मैं जान ही गया कि मैं अपराधी और दोषी का पक्ष उसी हद तक लेता हूँ जहाँ तक कि उनका अपराध मुझे कोई हानि न पहुँचाए। उनका अपराध मेरी वाक्पटुता प्रखर करता था, क्योंकि मैं उनका शिकार नहीं था। जब खटका मेरे लिए होता तो मैं न केवल निर्णायक बन जाता बल्कि उससे अधिक एक क्रोधी स्वामी बन जाता, जो चाहता था कि न्याय के सिद्धान्तों की अवहेलना करके दोषी पर आघात कर उसे घुटने के बल टिका दे। उसके बाद, मेरे स्वदेशवासी बन्धु, इस पर विश्वास करते रहना कठिन था कि आदमी न्याय का पक्ष लेने के लिए बना है और विधवा और अनाथ की रक्षा का भार भाग्य ने उसे सौंपा है।

चूँकि पानी और भी ज़ोर से बरस रहा है और हमारे पास समय है, क्या मुझे इजाज़त है एक और बात आपको बताने की, जिसकी खोज मैंने जल्दी ही (अपनी स्मृति में) की थी? आइए, हम बारिश से बचकर इस बेंच पर बैठें। सदियों से पाइप पीनेवाले इसी नहर पर ऐसा ही पानी

बरसते देखते रहे हैं। जो बात मुझे आपको बतानी है, वह कुछ ज़्यादा मुश्किल है। इस बार उसका सम्बन्ध एक औरत से है। पहले तो आप यह जान लें कि औरतों के साथ मुझे हमेशा सफलता मिलती रही, बिना कोई विशेष प्रयत्न किए। मैं यह नहीं कहता कि सफलता उन्हें सुखी करने में या उनके द्वारा अपने को ही सुखी करने में मिलती रही। नहीं, बस सफलता मिलती रही। अपना लक्ष्य मैं जब भी चाहता था, प्राप्त कर लेता था। कहा जाता था कि मेरा आचार-व्यवहार आकर्षक है। सोचिए तो ज़रा, आप जानते हैं कि यह आकर्षण है क्या—बिना कोई स्पष्ट प्रश्न किए ही उत्तर में 'हाँ' कहलवा लेना। और उस समय मेरे बारे में यह सच था। आपको आश्चर्य होता है? मान भी लीजिए, इनकार क्यों करते हैं? मेरा चेहरा जैसा अब है, उससे तो यह स्वाभाविक ही है। अफ़सोस! एक अवस्था प्राप्त कर लेने के बाद अपनी आकृति का दायित्व हर व्यक्ति पर भार बन जाता है। मेरा...पर उससे क्या? यह अपनी जगह पर सच है कि समझा जाता था कि मुझमें आकर्षण है और मैंने उसका ख़ूब फ़ायदा उठाया।

पर बिना कोई जोड़-तोड़ लगाए, मैं ईमानदारी बरतता था...या, क़रीब-क़रीब। औरतों से मेरे सम्बन्ध सहज-स्वाभाविक और मुक्त थे। उसमें कोई कपट न था, सिवाय उस प्रकट कपट के, जिसे वे श्रद्धांजलि समझती हैं। मैं उन्हें प्रेम करता था, उस पावन कथन के अनुसार ही, जिसका मतलब है कि मैंने उनमें से किसी से कभी प्रेम नहीं किया। मैं हमेशा नारी-विरोध को बेहूदा और मूर्खतापूर्ण समझता रहा और जितनी भी औरतों से मेरी मुलाक़ात हुई, उनमें प्राय: सभी को मैंने अपने से बेहतर ही पाया। फिर भी, ऊँचे आसन पर बिठाकर मैंने सेवा करने की

अपेक्षा उनका उपयोग ही अधिक किया। फिर इसका किसी को पता भी कैसे चल सकता है?

यह बात तो है ही कि सच्चा प्रेम असाधारण होता है, एक शताब्दी में बस दो या तीन बार, और क्या? बाक़ी समय या तो माया होती है या ऊब। रही मेरी बात, सो मैं किसी हालत में भी कोई पुर्तगाली भक्तिन तो था नहीं। मैं कठोर-हृदय नहीं हूँ; उससे बहुत दूर, बल्कि उसके विपरीत, करुणा से भरा हुआ हूँ; यहाँ तक कि मेरे आँसू पलकों पर रखे रहते हैं। बस यही है कि मेरी भावनाएँ सदा मेरी ही ओर उन्मुख होती हैं। करुणा के मेरे भाव अपने ही लिए होते हैं। यह बात सच नहीं है कि मैंने कभी प्रेम नहीं किया। अपने जीवन में कम-से-कम एक महान प्रेम की भावना तो मेरे मन में उठी ही, जिसका पात्र हमेशा मैं स्वयं ही रहा। उस दृष्टि से, युवावस्था की अनिवार्य कठिनाइयों के बाद मैं जल्दी ही सुव्यवस्थित हो गया था। मेरे प्रेम-जीवन में केवल विषयासक्ति का प्रभुत्व था। मैं केवल भोग-विलास की, और परास्त करने की सामग्री की तलाश में रहता था। मेरा रूप इसमें मेरा सहायक था। प्रकृति ने मेरे प्रति उदारता दिखाई थी। मुझे उस पर गर्व था और उसके द्वारा मैंने बहुत-से परितोष प्राप्त किए, जो अब मैं नहीं जानता कि केवल शारीरिक सुख से थे या प्रतिष्ठा-प्राप्ति से। आप अवश्य कहेंगे कि मैं फिर शान बघार रहा हूँ। मैं इससे इनकार नहीं करूँगा और न मुझे इस पर कोई गर्व ही है; क्योंकि इस समय मैं उस बात की डींग हाँक रहा हूँ, जो सच है।

जो भी हो, मेरी विषयासक्ति (उसी तक अपने को सीमित रखूँ) इतनी वास्तविक थी कि दस मिनट की मौज के लिए भी मैं माँ-बाप का त्याग कर सकता था, चाहे बाद में उसके लिए कितना ही अनुताप क्यों

न करता। नहीं, यों कहूँ कि दस मिनट की मौज के लिए तो ख़ास तौर से कर सकता था, और विशेषकर तब जब मुझे यह विश्वास होता कि इसका कोई उपसंहार न होगा। सिद्धान्त मेरे भी थे, जैसे यही कि मित्र की पत्नी पुनीत है। पर मैं बिलकुल सच्चे मन से दो-चार दिन पहले वांछित स्त्री के पति के प्रति मित्र-भाव त्याग देता था। शायद मुझे इसे विषयासक्ति नहीं कहना चाहिए। विषयासक्ति अरुचिकर नहीं है। हम उदारतापूर्वक इसे दुर्बलता कह लें—एक प्रकार की जन्मजात दुर्बलता, जो प्रेम-व्यापार में शरीर के सिवाय और कुछ नहीं देख पाती। पर वह दुर्बलता थी ख़ूब सुविधापूर्ण। मेरी विस्मरण की क्षमता के साथ मिलकर वह मेरी स्वच्छन्दता में योग देती थी। साथ ही एक प्रकार की अलभ्यता का आभास देकर और एक अविचल स्वतंत्रता प्रदान कर वह मुझे नई-नई सफलताएँ प्राप्त करने के अवसर देती थी। रोमांटिक न होने के परिणामस्वरूप मैंने रोमांस को कुछ निमित्त प्रदान किया। हमारी महिला मित्रों की बोनापार्ट के साथ एक समानता है, वे समझती हैं कि जहाँ और सब असफल रहे हैं, वहाँ वे अवश्य ही सफलता प्राप्त कर लेंगी।

इस व्यापार-विनिमय में अपनी विषयासक्ति के अतिरिक्त मैंने एक और भूख भी शान्त की—जुआ खेलने की अपनी तीव्र भूख। औरतों में भी मैंने प्रेम उनसे किया, जो एक प्रकार के खेल में मेरा साथ देती थीं, जिसमें कम-से-कम निष्पाप होने का स्वाद होता है। मैं आपको बताऊँ, अब मुझे असह्य है, मैं जीवन में मन-बहलाव के साधनों का ही आनन्द ले सकता हूँ। कोई भी महफ़िल, चाहे वह कितनी ही जगमगाती हुई क्यों न हो, मुझे शीघ्र ही ऊबा देती है; पर अपनी मनचाही औरतों से मुझे कभी ऊब नहीं हुई। मुझे यह स्वीकार करते हुए क्लेश होता है, पर

आइंस्टाइन से दस दफा की बातचीत, मैं किसी ख़ूबसूरत कोरस-गर्ल से पहली मुलाक़ात पर आसानी से निछावर कर देता। यह बात और कि उससे दसवीं मुलाक़ात तक पहुँचते-पहुँचते आइंस्टाइन के लिए या किसी गम्भीर ग्रंथ के लिए मेरा मन बेचैन हो उठता। संक्षेप में कहूँ तो बड़ी-बड़ी समस्याओं की, मुझे अपनी विलासिता के बीच के अवकाश के अतिरिक्त और कभी फ़िक्र न होती थी। क्या बताऊँ कितनी बार पटरी पर खड़े हुए मित्रों के साथ बड़े ज़ोर के वादविवाद के बीच तर्क का तार मेरे हाथ से छूट जाता था, क्योंकि उसी समय कोई ग़ज़ब की ख़ूबसूरत औरत सड़क पार करती हुई दीख जाती थी।

अत: मैं यह खेल खेलता रहा। मैं जानता था कि उन्हें यह पसन्द नहीं आता कि आपका उद्‌देश्य चट से पता चल जाए। पहले बातचीत होना ज़रूरी था, जिसे वे कहती थीं 'प्रेमालाप'। मैं भाषणों से नहीं घबराता था, वकील जो था, और न कटाक्षों से, क्योंकि अपनी सैन्य-सेवा के दौरान में एमेचर-एक्टर रह चुका था। मैं अकसर अपना पार्ट बदलता रहता था; पर नाटक हमेशा वही रहता था। मिसाल के लिए, पहले तो एक छोटा-सा अंक अबोधगम्य आकर्षण के अभिनय का रहता था, रहस्यमयी कोई बात का, इसका कि यह एकदम समझ में नहीं आता, मैंने बिलकुल नहीं चाहा कि आकर्षित होऊँ, यहाँ तक कि मैं तो प्रेम से थक गया था—आदि-आदि। यह सदा सफल रहता था, यद्यपि यह नाट्य-संहिता के सबसे पुराने अंकों में था। फिर वह दूसरा—एक प्रकार का भेद-भरा सुख पाने का, जैसा सुख किसी और औरत से प्राप्त नहीं हो सका था। हो सकता है कि वह अन्धी गली हो, है ही, (क्योंकि कोई भी अपने को पूरी तरह नहीं बचा सकता) पर यह है अद्वितीय। इसके

अलावा मैंने एक छोटे-से भाषण की तैयारी कर ली थी, जिसका सदा जी खोलकर स्वागत किया गया, और जिसे मेरा पूरा विश्वास है, आप भी सराहेंगे। उस अंक का सार, दर्द-भरी बेबसी के साथ ज़ोर से इस बात को कहने में था कि "मैं कुछ नहीं हूँ, मेरे साथ फँसने में कुछ नहीं रखा है, मेरा जीवन कहीं और ही है, उसका दिन-प्रतिदिन के सुख से कोई सम्बन्ध नहीं—जो सुख शायद मुझे और सबसे अधिक प्रिय होता, पर अब तो कोई चारा नहीं, समय निकल गया।" समय निकल जाने के कारणों को मैं गोपन रखता; क्योंकि मैं समझता था कि रहस्य से आवृत होकर शय्या पर जाना बेहतर है। एक तरह से, इसके अलावा, मैं जो कहता था, उस पर विश्वास भी करता था; मैं जिस भूमिका में उतरता था, उसे जीवन्त बना देता था। फिर आश्चर्य क्या कि मेरी साथिनें भी मेरी ही तरह उत्साहपूर्वक मंच पर थिरकने लगती थीं। उनमें जो सर्वाधिक संवेदनशील थीं, उन्होंने मुझे समझने की चेष्टा की, और उससे वे एक प्रकार के विसर्जित विषाद की स्थिति में पहुँच गईं। और दूसरी जो थीं, वे इसी से सन्तुष्ट होकर कि मैं खेल के नियमों का पालन कर रहा हूँ और कार्यरत होने के पहले संवाद करने की व्यवहार-कुशलता का प्रदर्शन कर रहा हूँ, शीघ्र ही वास्तविकताओं पर उतर आती थीं। इसके अर्थ होते थे कि मैंने विजय पाई और दोहरी विजय पाई; क्योंकि उन्हें प्राप्त करने की जो कामना मेरे मन में थी, उसे तृप्त करने के अतिरिक्त मैं अपने लिए अपने प्रेम को भी तृप्त कर रहा था—हर बार अपनी विशिष्ट शक्ति को प्रमाणित करके।

यहाँ तक कि उनमें से कुछ यदि केवल थोड़ा-सा ही सुख पहुँचाती थीं, तो भी मैं लम्बे अवकाश के बाद उनसे पुन: सम्बन्ध स्थापित करने की

चेष्टा करता था, निश्चय ही उस कामना से प्रेरित होकर जो अनुपस्थिति द्वारा पोषित होती रहती है, और किन्हीं सम्बन्धों के पुनराविष्कार के बाद जागती है; पर शायद इसलिए भी कि मैं इस बात को प्रमाणित कर सकूँ कि हमारे सम्बन्ध-पाश सुरक्षित रहे हैं, और उन्हें कसने का अधिकार केवल मेरा है। कभी-कभी तो मैं यहाँ तक करता था कि उनसे प्रतिज्ञा करा लेता था कि वे किसी और पुरुष को आत्मसमर्पण नहीं करेंगी, ताकि इस सिलसिले में मैं बिलकुल निश्चिन्त हों जाऊँ। पर मेरा हृदय ज़रा भी उस चिन्ता का भागी नहीं था और न ही मेरी कल्पना। एक प्रकार का मिथ्याभिमान मुझमें कुछ इस प्रकार जम गया था कि मेरे लिए कल्पनातीत था यह सोचना, यथार्थ के बावजूद, कि कोई औरत, जो एक बार मेरी हो चुकी है कभी किसी और की हो सकती है। जो प्रतिज्ञा वे मुझसे करती थीं, वह मुझे तो स्वतंत्र कर देती थी, और उन्हें बाँध देती थी। जैसे ही मुझे निश्चय हो जाता था कि वे और किसी की नहीं हो सकतीं, मुझे इसका अवसर मिल जाता था कि मैं उनसे सम्बन्ध-विच्छेद कर दूँ—जो करना, वैसे मेरे लिए क़रीब-क़रीब असम्भव होता। जहाँ तक उनका प्रश्न था, मैं अपनी बात सिद्ध कर चुका होता था और काफ़ी दिनों के लिए अपना अधिकार सुरक्षित कर चुका होता था। विचित्र है, है न? पर था ऐसा ही, मेरे प्यारे स्वदेशवासी बन्धु, कुछेक की पुकार होती है कि 'मुझे प्यार करो' तो कुछ की 'मुझे प्यार मत करो'। पर एक प्रकार का जीव होता है, सबसे बुरा और सबसे दुखी, जो पुकारता है 'मुझे प्यार मत करो, पर मेरे प्रति ईमानदार बने रहो'।

बस, यही है कि अन्त में कोई भी प्रमाण कभी सनातन नहीं होता, इसलिए हर व्यक्ति के साथ नए सिरे से प्रारम्भ करना पड़ता है। बार-

बार आरम्भ करते रहने के कारण आदमी की आदत पड़ जाती है। जल्द ही बिना सोचे भाषण ज़बान पर आने लगता है और अनायास आचरण उसका अनुगमन करता है, और फिर एक दिन ऐसा भी आता है कि बिना किसी विशेष कामना के भी आप स्वीकार कर लेते हैं। सच मानिए, कुछ लोगों के लिए दुनिया में सबसे मुश्किल काम यही है कि जिसकी कामना न की हो, उसे स्वीकार न करें।

अन्ततोगत्वा यही हुआ। आपको यह बताने में कोई लाभ नहीं कि वह कौन थी। इतना बताना पर्याप्त होगा कि उसने अपनी निरपेक्ष लिप्सा से मुझे आकर्षित किया था। सच बताऊँ, बड़ा वाहियात अनुभव था वह, जैसा कि मुझे समझ लेना चाहिए था कि होगा। पर मेरे स्वभाव में कोई जटिलताएँ नहीं थीं, और जिस व्यक्ति को मैं दोबारा देखता नहीं था, उसे शीघ्र ही भुला देता था। मैंने सोचा था कि उसका ध्यान ही उधर नहीं गया है, और यह तो कल्पना भी नहीं की थी कि उसके कोई विचार भी होंगे। उसके अलावा मेरी दृष्टि में उसका निरपेक्ष आचरण, उसे संसार से अलग कर देता था। पर कुछ हफ़्ते बाद मुझे पता चला कि उसने मेरी कमियों का वर्णन किसी तीसरे व्यक्ति से किया है। फ़ौरन मुझे लगा कि मैंने कुछ धोखा खाया है। वह उतनी निरपेक्ष नहीं थी, जितना कि मैंने सोचा था और निर्णय करने का विवेक उसमें था। तब मैंने सोचा 'अरे, हटाओ' और हँसी में टालने की कोशिश की। मैं ठहाका मारकर हँस भी पड़ा; स्पष्ट था कि घटना महत्त्वहीन थी। अगर ऐसा कोई क्षेत्र है जहाँ संकोच का नियम होना चाहिए तो क्या वह यौन-सम्बन्धों का क्षेत्र नहीं है, अपनी सभी अपूर्व-ज्ञेयताओं के साथ? पर नहीं, हममें से हर एक अपना श्रेष्ठतम पक्ष सामने रखना चाहता है, अकेले में भी। कह तो दिया

मैंने कि 'अरे, हटाओ', पर मेरा आचरण कैसा था? मेरी मुलाक़ात उस औरत से कुछ दिन बाद फिर हुई और मैंने हर तरह से उसे आकर्षित करने और वास्तव में पुनः प्राप्त करने की चेष्टा की। यह बहुत मुश्किल नहीं था, क्योंकि उन्हें यह पसन्द ही नहीं है कि समाप्ति विफलता में हो। उस क्षण से, बिना किसी इरादे के, मैं वास्तव में हर तरह उसके मान को ठेस पहुँचाने लगा। मैं उसे त्याग देता और फिर स्वीकार कर लेता। उसे बाध्य करता कि वह अनुपयुक्त समय और अनुपयुक्त स्थितियों में आत्मसमर्पण करे। हर दृष्टि से मैं इतना क्रूर व्यवहार उससे करता था कि अन्त में मैंने उसी तरह अपने को उससे बाँध लिया, जिस तरह कि मैं समझता हूँ जेलर क़ैदी से बँध जाता है। यह सब उस दिन तक चलता रहा, जबकि व्यथा और विवशता के मिश्रित सुख की उग्र अस्त-व्यस्तता में उसने उस तथ्य को मुखर श्रद्धांजलि अर्पित की, जो दासता के पाश में उसे बाँधे हुए था। उसी दिन से मैं उससे दूर हटने लगा, और अब मैं उसे भूल चुका हूँ।

मैं आपसे सहमत हूँगा, यद्यपि आपने शालीनतावश कुछ कहा नहीं है कि यह दिल-बहलाव कोई बहुत सुन्दर नहीं था। पर अपने जीवन के बारे में ज़रा सोचिए, मेरे प्यारे स्वदेशवासी बन्धु! अपनी स्मृतियों को ज़रा कुरेदिए, शायद आपको भी ऐसी कोई घटना याद हो आए, जो आप बाद में मुझे बताएँगे। रही मेरी, जब-जब मुझे वह तुच्छ घटना याद हो आती थी, मैं हँस पड़ता था। पर यह हँसी दूसरी तरह की थी—कुछ-कुछ उस तरह की, जैसी मैंने पौंडेज़ार्ट्स पर सुनी थी। मैं न्यायालय में दिए गए अपने भाषणों और दलीलों पर हँस रहा था—औरतों के सामने दिए गए अपने भाषणों की अपेक्षा अपनी दलीलों पर ज़्यादा। उनसे कम-से-कम

मैंने बहुत झूठ नहीं बोला था। मेरे भाव बिना किसी छल-कपट के, मेरे आचरण में स्पष्ट व्यक्त हो जाते थे। प्रेम की प्रक्रिया एक स्वीकरण है। स्वार्थ चीख़ उठता है, दम्भ अपना प्रदर्शन करता है और सच्ची उदारता उद्घाटित हो जाती है। निदान उस शोचनीय कहानी में अपने अन्य सम्बन्धों में अधिक, मैंने जितना समझा था, उससे ज़्यादा स्पष्टवादी हो गया था; मैंने इसकी घोषणा कर दी थी कि मैं कौन हूँ और कैसे जी सकता हूँ। देखने में जो भी लगता रहा हो, अपने व्यक्तिगत जीवन में मैं श्रेष्ठ रहा था—तब भी और विशेषकर तब, जब मैंने उस प्रकार का व्यवहार किया था, जो मैंने आपको अभी बताया है—न्याय और सचाई के विषय में अपने व्यवसाय के क्षेत्र में बड़ी-बड़ी उड़ानें जब भर रहा था उससे कहीं अधिक श्रेष्ठ। कम-से-कम इतना तो था कि दूसरों के प्रति स्वयं को आचरण करते देख मैं अपने सच्चे स्वभाव के विषय में अपने को भुलावा नहीं दे सकता था। कोई भी व्यक्ति अपने आनन्द के क्षणों में पाखंडी नहीं होता—यह मैंने कहीं पढ़ा है, मेरे स्वदेशवासी बन्धु, या ख़ुद ही सोच निकाला है?

जब इस प्रकार मैंने इस बात को परखा कि एक औरत से हमेशा के लिए नाता तोड़ने में मुझे कितनी कठिनाई होती थी—जिस कठिनाई के कारण ही मैं एक साथ कई सम्बन्धों में फँस जाता था—तो मैंने अपनी कोमल-हृदयता को दोषी नहीं ठहराया। जब मेरी एक प्रेमिका ने हमारे प्रेम-व्यापार के चरम शिखर तक पहुँचने की प्रतीक्षा में अधीर होकर, मुझे छोड़कर चले जाने की बात की, उस समय जिस भावना ने मुझे प्रेरित किया था, वह यह नहीं थी। मैं ही था जिसने तुरन्त आगे क़दम बढ़ाया, जो झुका, जिसकी वाक्पटुता जागी। रही कोमल-हृदयता और अनुराग,

इन्हें मैंने उसमें जगा दिया, और मैंने स्वयं केवल उनके बहिरंग रूप को ही अनुभव किया—केवल इस अस्वीकरण से कुछ उत्तेजित होकर और एक अनुराग-सम्बन्ध की सम्भाव्य हानि से घबराकर। सच है कि मैं कभी-कभी सोचता था कि मैं वास्तव में व्यवस्थित हूँ पर विद्रोहिणी के वाक़ई चले जाने की देर थी कि बिना कोई चेष्टा किए, मैंने उसे भुला दिया—ठीक उसी तरह जैसे उसके निश्चय बदलकर लौट आने पर मैं यह भूल जाता था कि वह मेरे अंक में है। जी नहीं, वह प्रेम या उदारता नहीं थी, जो मेरी भावनाओं को जगाती थी, जब इसका ख़तरा मुझे होता था कि कोई मुझे छोड़कर जा रहा है, वह केवल प्रेम पाने की, और जिसे मैं अपना समझता था, उसे पाने की आकांक्षा थी। जैसे ही मुझे प्रेम प्राप्त हो जाता था और संगिनी भुला दी जाती थी, मैं फिर चमक उठता था; मैं चोटी पर पहुँच जाता था; मैं पसन्द करने योग्य बन जाता था।

और यह भी कहा जाए कि जैसे ही मैं वह अनुराग पुन: प्राप्त कर लेता था वैसे ही मुझे उसके बोझ का अनुभव होने लगता था। अपनी खीज के क्षणों में मैं अपने-आपसे कहता था कि समस्या का आदर्श हल तो यह है कि जिस व्यक्ति में मुझे दिलचस्पी है, उसकी मौत हो जाए। उसकी मृत्यु एक ओर तो हमेशा के लिए हम दोनों के सम्बन्ध पर मोहर लगा देती और दूसरी ओर उसकी निहित बाध्यता को दूर कर देती। पर कोई भी व्यक्ति हर एक की मृत्यु की कामना तो कर नहीं सकता, और न ही भूमंडल को जनशून्य करने की हद तक जा सकता है—सिर्फ़ उस स्वातंत्र्य को भोगने के लिए जो अन्यथा कल्पनातीत है। मेरी संवेदनशीलता इसके विरुद्ध थी और मानव-जाति के लिए मेरी सहृदयता भी।

इन प्रेम-व्यापारों में कभी-कभी जो गहरा संवेग मेरे मन में उठता था, वह केवल कृतज्ञता का होता था। जब सब कुछ मज़े में चल रहा होता और मुझे न केवल शान्ति मिल जाती वरन् जाने-आने की स्वतंत्रता भी—किसी एक के साथ इतना उदार मैं कभी नहीं होता था, जितना कि तब जब सीधे दूसरी के पलँग से उठकर आया होता, मानो मैं एक के प्रति सद्य: ऋणी होकर अन्य सभी स्त्रियों का भी ऋणी हो गया होऊँ। जो भी हो, प्रकट रूप से मेरे भाव कितने ही उलझे हुए क्यों न रहे हों, जिस फल की मैं प्राप्ति करता था, वह स्पष्ट था। मैं अपने सारे प्रेम-सम्बन्धों को अपनी पहुँच के भीतर रखता था ताकि जब चाहूँ तब उनका उपभोग कर सकूँ। मैं स्वयं स्वीकार कर चुका हूँ कि मैं सुखी तभी रह सकता हूँ जबकि पृथ्वी के सब प्राणी, या जितनी अधिक संख्या में सम्भव हो उतने, मेरी ही ओर उन्मुख हों, सदा-सर्वदा के लिए बन्धनहीन, किसी भी पृथक् अस्तित्व से वंचित और किसी भी वक़्त मेरे इंगित पर तत्पर—संक्षेप में उस दिन तक के लिए वंध्यात्व से अभिशप्त जब तक कि मैं उन पर कृपा-दृष्टि न डालूँ। थोड़े शब्दों में मेरे सुख से जीने के लिए अनिवार्य था कि जो व्यक्ति मेरे कृपापात्र चुने जाएँ वे जिएँ ही न। उन्हें जीवन की उपलब्धि हो, यदा-कदा और केवल मेरा इशारा पाकर।

आपको यह सब बताने में मुझे कोई संकोच नहीं होता, आप सच मानिए। जब मैं उस काल की याद करता हूँ, जबकि मैं स्वयं कोई मूल्य चुकाए बिना हर चीज़ माँग लिया करता था, जब मैं अपनी सेवा के लिए इतने सारे लोगों को नियोजित करता था, जब मैं यों कहूँ कि उन्हें रेफ्रिजरेटर में रख देता था ताकि जब भी मेरी मरज़ी हो तभी हाथ बढ़ाकर उन्हें निकाल सकूँ तो मैं बता नहीं सकता कि उस भाव को क्या कहूँ

जो मेरे ऊपर छा जाता है। शायद वह लज्जा का भाव है, क्यों? आप बताएँ मुझे मेरे मित्र, लज्जा क्या चुभती है? तो शायद लज्जा ही है या उन मूर्खतापूर्ण भावनाओं में से कोई है, जिसका सम्बन्ध मान-मर्यादा से रहता है। जो भी हो, मुझे लगता है कि जब से अपनी स्मृति के अन्तराल में छिपी उस घटना की मुझे याद हो आई है, तब से इस भावना ने मुझे छोड़ा नहीं है—और उस घटना का वर्णन करना अब मैं टाल नहीं सकता। कितना ही क्यों न इधर-उधर बहकता रहूँ, या कुछ-न-कुछ गढ़कर सुनाने की चेष्टाएँ करता रहूँ। इनके लिए तो, आशा है, आप मुझे श्रेय देंगे ही।

देखिए, बारिश रुक गई है। मेरे साथ घर तक चलने की कृपा करें। मैं कुछ अजीब तरह से थक-सा गया हूँ। इतनी देर तक बातें करने की वजह से नहीं, पर इस ख़याल से ही कि अभी मुझे कितना और बताना है। ख़ैर, अपनी असली खोज के बारे में बताने के लिए तो कुछ-एक शब्द ही पर्याप्त होंगे। और बहुत कहने से फ़ायदा ही क्या? प्रतिभा का अनावृत्त रूप प्रकट होने के लिए आवश्यक है कि अलंकृत भाषा पलायन कर जाए। तो लीजिए। नवम्बर की एक रात को, उस शाम के दो-तीन साल पहले, जिस शाम मुझे यह लगा था कि मेरे पीछे कोई हँस रहा है, मैं पौं-रोयाल होता हुआ बाएँ किनारे अपने घर लौट रहा था। आधी रात से एक घंटा और ज़्यादा बीत चुका था। बड़ी हल्की फुहार पड़ रही थी, जिससे सड़कों पर के कुछ-एक लोग भी तितर-बितर हो गए थे। मैं सीधे अपनी एक प्रेमिका को छोड़कर आ रहा था, वह तब तक शायद नींद में डूब चुकी होगी। मुझे उस समय का चलना अच्छा लग रहा था, कुछ निर्वेद की स्थिति में, मेरा शरीर अनुद्विग्न, गिरती हुई फुहार के जैसे रक्त-प्रवाह से सिंचित। पुल पर मैं किसी के पीछे से

गुज़रा। वह छाया रेलिंग के ऊपर झुकी नदी को एकटक देखती हुई-सी लगी। पास से देखने पर मैं काले कपड़े पहने एक युवती के आकार का अनुमान कर सका। उसके काले बालों और कोट के कॉलर के बीच गरदन का पिछला हिस्सा दीखता था, भीगा हुआ और ठंडा। उसने मुझे कुछ उत्तेजित किया, पर एक क्षण ठिठकने के बाद मैं आगे बढ़ गया। पुल पार करके मैं घाट के किनारे-किनारे सों-मिशेल की तरफ़ चलने लगा, वहीं मैं रहता था। मैं कोई पचास गज ही आगे गया था, जब वह आवाज़ मुझे सुनाई पड़ी, जो दूरी के बावजूद आधी रात के सन्नाटे में बड़े ज़ोर की मालूम हुई—किसी शरीर के पानी पर आघात की आवाज़। मैं ठिठक गया, पर घूमा नहीं। उसी क्षण मैंने एक पुकार सुनी, जो कई बार दोहराई गई, निचले प्रवाह की ओर जाती हुई फिर अचानक मूक हो गई। जो चुप्पी उसके बाद फैली, जब रात सहसा स्तब्ध हो गई, मुझे लगा कि जैसे अन्तहीन है। मैं चाहता था कि दौड़ पड़ूँ पर इंच-भर भी बढ़ नहीं सका। मैं काँप रहा था, मेरा विश्वास है कि ठंड और घटना के आघात से मैं अपने-आपसे कह रहा था कि 'जल्दी करनी है।' पर एक बलवती दुर्बलता अपने शरीर में फैलती हुई मालूम पड़ी। मुझे याद नहीं है कि मैंने उस समय क्या सोचा, 'देर बहुत हो गई, दूरी बहुत है', या इसी तरह का कुछ। निष्क्रिय खड़ा मैं तो भी कान लगाए सुन रहा था। फिर धीरे-धीरे बरसते पानी में मैं आगे बढ़ गया। मैंने किसी को बताया नहीं।

अरे, हम लोग आ पहुँचे! यहीं मेरा घर है, मेरा आश्रय। कल? हाँ ज़रूर, अगर आप चाहते हैं तो मैं आपको मार्केन के द्वीप ले जाना चाहूँगा ताकि आप ज्वाडरजी देख सकें। तो हम लोग कल ग्यारह बजे 'मेक्सिको सिटी' में मिलें। क्या? वह औरत! मुझे मालूम नहीं। सच, मुझे

नहीं मालूम। अगले रोज़ और उसके कई रोज़ बाद तक मैंने अख़बार नहीं पढ़े।

बिलकुल गुड़ियों का गाँव है, है न? यहाँ अनोखेपन की कोई कमी नहीं है। पर मेरे दोस्त, मैं आपको इस द्वीप में अनोखापन दिखाने नहीं लाया हूँ। किसानों की टोपियाँ, लकड़ी के जूते और सजे-सजाए मकान, जिनके सामने बैठे मछुए, फ़र्नीचर-पॉलिश की गन्ध में घिरे हुए, उत्तम तमाखू पी रहे हों, यह तो आपको कोई भी दिखा सकता था। पर मैं उन थोडे-से लोगों में हूँ, जो आपको वे चीज़ें दिखा सकते हैं, जो वास्तव में महत्त्व रखती हैं।

अब हम बाँध पर पहुँचनेवाले हैं। उसी के किनारे-किनारे हमको चलना पड़ेगा ताकि इन अतिशय मनोहर मकानों से दूर पहुँच सकें। आइए, हम बैठ जाएँ। कहिए, क्या राय है आपकी? क्यों, क्या नहीं है यह सुन्दरतम, निर्जीव दृश्य? उधर देखिए ज़रा, राख के उस ढेर को, जिसे ये लोग बालू का टीला कहते हैं, बाईं तरफ़ स्लेटी बाँध है, हमारे पैरों के नीचे नीलाभ-धूमिल समुद्र-तट और हमारे सामने है समुद्र, जिसका पानी हल्की राख-मिश्रित द्रव के समान दीख पड़ता है और उसके ऊपर विस्तृत आकाश, जिसमें पानी का फीका रंग प्रतिबिम्बित हो रहा है—सचमुच ढीला, पसरा हुआ नरक! हर चीज़ लेटी-पड़ी हुई; कहीं कोई दृश्यान्तर नहीं, अन्तरिक्ष निर्वाण है और जीवन निष्प्राण। क्या यह विश्वव्यापी विलुप्ति नहीं, एक अनन्त शून्य जो प्रत्यक्ष हो उठा हो! सबसे बड़ी बात कि कहीं कोई मनुष्य नहीं। आप और मैं सबके द्वारा

परित्यक्त इस लोक के एकाकी दर्शक! आकाश जीवन्त है क्या? आप ठीक कहते हैं, मेरे मित्र! वह गहराता है, नतोदर होता है, वायु के तीर छोड़ता है और मेघ कपाट बन्द करता है। वे रहे कपोत! आपने कभी ध्यान दिया है कि हॉलैंड लाखों कपोतों से भरा रहता है? अपनी ऊँचाई के कारण अदृश्य वे अपने पर फड़फड़ाते हैं, एक साथ उठते-गिरते हैं और इस दिव्य अन्तराल को स्लेटी रंग के पंखों की घनी राशि से भर देते हैं—जिन्हें हवा इधर-उधर उड़ाती रहती है। ये कपोत वहीं ऊपर वर्षपर्यन्त प्रतीक्षा करते हैं। पृथ्वी पर का चक्कर काटते हैं, नीचे दृष्टि डालते हैं और उतरना चाहते हैं, पर नीचे समुद्र और नहरों के अतिरिक्त कुछ नहीं है, दुकानों के साइनबोर्डों से ढँकी छतें हैं, पर पाँव टेकने योग्य एक भी शिखर कहीं नहीं।

आपकी समझ में नहीं आया कि मेरा मतलब क्या है? मैं स्वीकार करता हूँ कि मैं थक गया हूँ। मेरी बात का तार टूट जाया करता है; मेरे मित्रों को मेरे विचारों की जिस स्पष्टता का आदर करना रुचिकर लगता था, वह मैंने गँवा दी है। मैं कह रहा हूँ 'मेरे मित्र', पर यह केवल सिद्धान्त और अभ्यास की बात है। अब मेरे कोई मित्र नहीं हैं; मेरे अब केवल साझीदार हैं। कमी पूरी करने के लिए संख्या बढ़ गई है, वे अब समस्त मानव-जाति तक विस्तृत हैं। और मानव-जाति में सबसे पहले हैं आप। जो भी अपने पास हो, वही सर्वप्रथम हो जाता है। कैसे मालूम मुझे कि मेरे कोई मित्र नहीं हैं? बहुत आसान है। मुझे यह उस दिन पता चला, जिस दिन मैंने उन्हें बेवकूफ़ बनाने के लिए, या कहूँ कि सज़ा देने के लिए, अपनी आत्महत्या करने का विचार किया था। पर सज़ा किसे? कुछ एक को आश्चर्य होता, पर दंडित तो कोई भी अनुभव न करता।

मैंने तब जाना मेरे कोई मित्र नहीं हैं। और अगर होते भी तो मेरी स्थिति कुछ बेहतर न होती। अगर मैं आत्महत्या करने के बाद उनकी प्रतिक्रिया देख पाता तब कोई बात भी होती। पर मेरे प्यारे दोस्त, पृथ्वी अन्धकारमय है, ताबूत मोटा है और कफ़न अपारदर्शी है। आत्मा की आँखें? हाँ, यदि आत्मा है और उसके आँखें होती हैं; पर हम जानते तो नहीं और न जान ही सकते हैं। नहीं तो समस्या का कोई हल होता; कम-से-कम आदमी इतना तो कर ही पाता कि लोग उसकी बातों को गम्भीरता से ग्रहण करें। लोग आपके तर्क को कभी स्वीकार नहीं करते, न आपकी सचाई को, न आपकी वेदना की गम्भीरता को तब तक नहीं जब तक कि आपकी मृत्यु न हो जाए। जब तक आप जीवित हैं आपका मामला सन्दिग्ध है; आपको अधिकार है केवल उनका सन्देह-मिश्रित विश्वास पाने का। इसलिए अगर ज़रा भी इसका निश्चय होता कि आदमी ख़ुद अपनी मौत के नाटक का रस ले सकेगा तो यह बात करने योग्य होती कि वह उनके सामने उन तथ्यों को प्रमाणित करे, जिन पर विश्वास करने को वे तैयार नहीं हैं—और इस प्रकार उन्हें अचम्भे में डाल दे। पर आपने तो कर ली अपनी हत्या, उसके बाद इसमें रस ही क्या रह गया कि वे आपकी बात पर विश्वास करते हैं या नहीं? आप तो मौजूद होंगे नहीं, जो उनका अचम्भा और सन्तोष (बहुत हुआ तो भी क्षणिक) देख सकें; अपनी अंत्येष्टि-क्रिया के साक्षी हों सकें—जैसा हो पाने का स्वप्न हर व्यक्ति देखता है। संदिग्ध न बने रहने का केवल एक उपाय है कि आदमी बना ही न रहे।

क्या यही बेहतर नहीं है? एक लड़की ने अपने बाप से कहा, "आपको इसका मूल्य चुकाना पड़ेगा।" बाप ने उसे कुछ ज़रूरत

से ज़्यादा मुस्तैद चाहनेवाले से शादी करने से रोका था। लड़की ने आत्महत्या कर ली। लेकिन बाप को किसी चीज़ का मूल्य नहीं चुकाना पड़ा। उसे छोटी मछलियों के शिकार का शौक़ था। तीन इतवार बीत जाने के बाद वह फिर नदी किनारे पहुँच गया जैसा उसने कहा, 'सब कुछ भुला देने के लिए'। ठीक ही कहा उसने, वह भूल गया। सच बात तो यह है कि इसके विपरीत होता तो आश्चर्य होता। आप सोचते हैं कि आप अपनी बीवी को दंड देने के लिए मर रहे हैं, पर सच तो यह है कि आप उसे मुक्ति दे रहे हैं। पर इस बात को न देख पाना ही श्रेयस्कर है। मौत के बाद यदि आप सुन पाते तो सिवा इसके कि आपके कृत्य के क्या प्रेरक कारण दिए जाते हैं, और क्या सुनते? जहाँ तक मेरा प्रश्न है, मुझे तो अभी ही उनकी आवाज़ें सुनाई पड़ रही हैं—"उसने आत्महत्या कर ली, क्योंकि वह यह सहन न कर पाया कि" आह, मेरे मित्र, मनुष्य की कल्पना-शक्ति कितनी दुर्बल होती है! वे हमेशा यही समझते हैं कि आदमी किसी एक ही कारणवश आत्महत्या करता है, पर किन्हीं दो कारणों के वश होकर भी तो आत्महत्या करना सम्भव है। किन्तु नहीं, यह उन्हें कभी नहीं सूझता। तो फिर जान-बूझकर करने में क्या धरा है-उस बात पर अपनी बलि चढ़ाने में, जो आप चाहते हैं कि लोग आपके बारे में सोचें! जब आप मर ही गए तो वे इसका लाभ उठाकर कोई बेहूदा या भद्दा कारण आपके कृत्य के लिए ढूँढ़ लेंगे। शहीदों को, मेरे दोस्त, भुला दिए जाने, हँसे जाने और इस्तेमाल किए जाने के बीच चुनाव करना पड़ता है। रही इसकी बात कि लोग उन्हें ठीक समझ सकें—सो कभी नहीं होता।

पर हम लोग बेकार इधर-उधर न बहकें। मुझे जीवन प्यारा है,

यही मेरी असली कमज़ोरी है। मुझे जीवन इतना ज़्यादा प्यारा है कि मैं इसकी कल्पना करने में असमर्थ हूँ कि वह क्या है, जो जीवन नहीं है। आप नहीं समझते कि इतनी लिप्सा में कुछ गँवारपन है? आभिजात्य यह कल्पना नहीं कर सकता कि उसको और उसके जीवन को घेरे हुए एक अन्तराय नहीं है। अगर ज़रूरत पड़े तो वह मर मिटता है, वह झुकता नहीं, टूट जाता है। पर मैं झुकता हूँ क्योंकि मैं अब भी अपने से प्रेम करता हूँ। मिसाल के लिए, मैंने जो कुछ आपको बताया, उसके बाद आप क्या समझते हैं कि "मेरे अन्तर में किस भाव का विकास हुआ? अपने प्रति जुगुप्सा का? जी नहीं, जो कुछ क्षोभ मुझे था, वह ज़्यादातर दूसरों के प्रति ही था। सच है कि मैं अपनी कमज़ोरियाँ जानता था और उनके लिए अफ़सोस भी करता था। तो भी मैं एक कमाल की ज़िद के साथ उन्हें भुलाता ही रहा। इसके विपरीत दूसरों पर अभियोग लगाने की प्रवृत्ति मेरे मन में निरन्तर क्रियाशील रही। बिलकुल..." क्या आपको बुरा लगा? शायद आप यह सोचते होंगे कि यह तर्कसंगत नहीं है? पर सवाल तर्कसंगत रहने का तो है नहीं। सवाल तो बच निकलने का है, और इससे भी ज़्यादा—हाँ, इससे भी ज़्यादा—इसका कि निर्णय से कैसे बचा जाए। मैं दंड से बचने की बात नहीं कहता, क्योंकि बिना निर्णय के दंड तो सह्य है। उसकी एक संज्ञा है, जो हमारी निर्दोषता को आश्वस्त कर देती है—उसे कहते हैं 'दुर्भाग्य'। नहीं, उसके विपरीत यह तो निर्णय से बचे-बचे रहने का प्रश्न है—उस स्थिति से बचे रहने का जिसमें निरन्तर निर्णय तो होता रहता है, पर दंड की कभी घोषणा नहीं की जाती।

पर इतनी आसानी से बचा नहीं जा सकता। आज तो हम निर्णय करने के लिए उतने ही तत्पर रहते हैं, जितना कि व्यभिचार करने के

लिए। केवल अन्तर इतना है कि इसमें अयोग्य या अपर्याप्त होने का कोई डर नहीं है। अगर आपको कोई सन्देह हो तो अगस्त के महीने में उन ग्रीष्मकालीन होटलों में, जहाँ हमारे दानवीर सह-नागरिक अपनी ऊब दूर करने के लिए पहुँचते हैं, मेज़ों पर बैठे लोगों की बातचीत जाकर सुन लीजिए। अगर फिर भी आप किसी निश्चय पर पहुँचने में संकोच करें तो हमारे आज के नरपुंगवों के लेखन का पाठ कर लीजिए। नहीं तो अपने परिवार का ही अध्ययन कर लीजिए; दो-एक पाठ आप अवश्य सीख जाएँगे। मेरे प्यारे दोस्त, हम उन्हें कोई भी बहाना—चाहे कितना ही छोटा क्यों न हो—अपने पर फ़ैसला देने का न दें; नहीं तो हमारी धज्जियाँ उड़ाकर रख दी जाएँगी। हमें लाचार होकर वही सावधानी बरतनी होगी जो शेर को काबू में करनेवाले को बरतनी पड़ती है। अगर कटघरे के अन्दर जाने के पहले हजामत बनाते वक़्त दुर्भाग्य से कहीं उस्तरे से चेहरा कट जाए तो सोचिए, ज़रा पशुओं की कैसी बन आएगी! मुझे यह चीज़ उस दिन अकस्मात समझ में आ गई, जिस दिन मुझे यह लगने लगा कि शायद मैं तारीफ़ के काबिल नहीं हूँ। तब से मैं सशंक रहने लगा। चूँकि मेरे थोड़ा-सा ख़ून बह रहा था, मेरे लिए कोई छुटकारा नहीं था; वे मुझे खा जाते।

अपने समकालीनों से मेरे सम्बन्ध देखने में तो ज्यों-के-त्यों थे, पर लय कहीं ज़रा-सी टूट गई थी। मेरे मित्रों में कोई अन्तर नहीं हुआ था। कभी-कदा वे अब भी मेरी सोहबत में मिलनेवाली समन्विति और सुरक्षा की सराहना कर लेते थे। पर मुझे केवल अपने अन्तर में भरी कर्कशता और अस्त-व्यस्तता का ही भान होता था; मुझे लगना था कि मैं भेद्य हो गया हूँ, मानो मुझे सर्वसाधारण द्वारा अभियोग लगाए जाने के लिए सौंप

दिया गया हो। मेरी दृष्टि में मेरे साथी, वह आदर से भरी जनता नहीं रह गए थे, जिसका मैं आदी था। वह वृत्त, जिसका मैं केन्द्र था, खंड-खंड हो गया था और वे सब मानो एक पंक्ति बनाकर न्यायासन पर बैठ गए थे। जैसे ही यह बात मेरी पकड में आई कि मुझमें ऐसा कुछ है, जिस पर निर्णय दिया जा सकता है, तभी यह भी मैं समझ गया कि असल में निर्णय देने की क्रिया उनका अनिवार्य धर्म है। वे थे तो वही, पहले की तरह ही, पर अब वे हँस रहे थे। या यों कहूँ कि मैं उनमें से जितनों से मिलता था, मुझे लगता था कि हर एक हँसी छिपाए मुझे देख रहा है। उस समय मुझे यह भी लगा था कि लोग मुझे लंगी मारने की कोशिश में हैं। दो-तीन बार सार्वजनिक भवनों में प्रवेश करते समय मैं सचमुच गिरते-गिरने बचा। एक बार तो मैं चारों खाने चित गिरा भी। मेरे अन्दर जो डेकाई का अनुयायी फ्रांसीसी था, उसे अपने को सँभाल लेने में देर नहीं लगी, न उन दुर्घटनाओं के लिए एकमात्र युक्तिसंगत दैवी-शक्ति, अर्थात् 'संयोग' को उत्तरदायी ठहराने में। तो भी मेरे मन में शंका बनी ही रही।

एक बार जब मेरा ध्यान आकर्षित हो ही गया, तब मुझे यह पता लगाते देर न लगी कि मेरे दुश्मन भी हैं; पहले तो मेरे व्यवसाय में और फिर मेरे सामाजिक जीवन में भी। उनमें से कुछ पर मैंने कृपा की थी, कुछ पर करनी चाहिए थी। वह सब तो स्वाभाविक ही था और वह सब जानकर मुझे कोई बहुत दुख भी नहीं हुआ। पर दूसरी तरफ़ यह स्वीकार करना ज़्यादा कठिन और कष्टदायी था कि जिन लोगों को मैं नाममात्र के लिए जानता था, या जानता ही न था, उनमें भी मेरे दुश्मन थे। मैं हमेशा यही समझता रहा था, उस सरलता के साथ जिसका उदाहरण मैं आपको दे चुका हूँ कि जो मुझे जानते नहीं थे, वे मुझे जानने पर पसन्द किए

बिना रह नहीं सकते थे। पर ज़रा भी नहीं। मुझे विशेष विरोध तो उन्हीं लोगों से मिला जो बिना मेरे स्वयं उन्हें जाने हुए, दूर से मुझे जानते थे। नि:सन्देह उन्हें शंका थी कि मेरा जीवन भरा-पूरा है, और पूरी तरह सुख के प्रति समर्पित है; और यह अपराध अक्षम्य था। सफलता के भाव जब एक ख़ास तरीक़े से प्रदर्शित किए जाएँ तो गधा भी क्रोध से तिलमिला उठेगा। इसके अलावा मेरा जीवन आकंठ भरा हुआ था, इसलिए समय के अभाव के कारण मैं बहुतों की समीप आने की चेष्टाओं को अमान्य कर दिया करता था। और बाद में अपनी अस्वीकृतियाँ भी उसी कारण भूल जाया करता था। पर समीप आने की वे चेष्टाएँ, ऐसे लोगों द्वारा की गई होती थीं, जिनके जीवन भरे-पूरे नहीं थे, और जो इसी कारण मेरी अस्वीकृति को याद रखते थे।

इसीलिए ऐसा हुआ कि एक ही उदाहरण ले लें, औरतें अन्त में मेरे लिए बहुत महँगी पड़ीं। जो समय मैं उन्हें अर्पित करता था, वह पुरुषों को नहीं दे पाता था, और पुरुष हर बार इसे क्षमा नहीं करते थे। इसमें क्या कोई रास्ता है? आपकी सफलताएँ और सुख तभी क्षम्य होंगे, जब आप उदारता से उनमें हिस्सा बँटाने के लिए तैयार हों। पर सुखी होने के लिए अनिवार्य है कि आदमी दूसरों के साथ ज़्यादा फँसा न रहे। फलत: कोई रास्ता है ही नहीं। सुखी और निर्णीत अथवा विमोचित और दयनीय! और मेरे प्रति तो अन्याय और भी अधिक। मैं अतीत की सफलताओं के लिए अपराधी ठहराया गया था। बहुत दिन तक मैं इस भ्रम में रहा कि सामान्य सहमति मुझे प्राप्त है, जबकि चारों ओर से फ़ैसले, व्यंग्य और तीखे बाणों की बौछार मेरे ऊपर होने लगी थी और मैं उनकी उपेक्षा करता हुआ मुस्कराता जा रहा था। जिस दिन मुझे सावधान किया गया,

मेरे ज्ञान-चक्षु खुले, सारी चोटें एक साथ लगीं और एकदम अपनी सारी शक्ति मैंने खो दी। सारा ब्रह्मांड तब मेरे ऊपर हँसने लगा।

और यह वह चीज़ है जो कोई भी व्यक्ति (उन्हें छोड़कर जो वास्तव में जीवन्त नहीं हैं—दूसरे शब्दो में कहें तो ज्ञानी) सहन नहीं कर सकता। एकमात्र सम्भव प्रदर्शन विद्वेष का ही है। लोग फ़ैसला देने के लिए उतावले इसीलिए रहते हैं कि कहीं उन्हें स्वयं ही फ़ैसला न सुनना पड़ जाए। क्या सोचते हैं आप? आदमी के मन में जो विचार बिलकुल स्वाभाविक ढंग से उठता है, मानो उसकी महज प्रकृति से ही उठा हो, वह है उसके अपने निर्दोष होने का भाव। इस दृष्टि में हम सब बूरून वाल्ड के उस फ्रांसीसी की तरह हैं, जो इस बात की ज़िद कर रहा था कि क्लर्क के पास अपनी शिकायत ज़रूर लिखाएगा। क्लर्क स्वयं भी क़ैदी था। वह इस फ्रांसीसी के आगमन का रिकॉर्ड भर रहा था। शिकायत? क्लर्क और उसके साथी हँसे—"बेकार है भाई, यहाँ शिकायत कोई नहीं लिखाया करता।" "पर श्रीमान" वह फ्रांसीसी बोला, "मेरी बात ही और है। मैं निर्दोष हूँ।"

हममें से हर एक की 'बात ही और' होती है। हम सब किसी-न-किसी के विरुद्ध अपील करना चाहते हैं। हममें से हर एक किसी भी मूल्य पर निर्दोष बना रहना चाहता है, चाहे हमें सारी मानव-जाति और देव-लोक पर भी दोषारोपण क्यों न करना पड़ जाए। आप किसी व्यक्ति को उसकी बुद्धिमत्ता या उदारता की सराहना से प्रसन्न न कर पाएँगे। पर अगर आप उसकी स्वभावजन्य उदारता की प्रशंसा करें तो उसकी बाँछें खिल उठेंगी। उसके विपरीत अगर आप किसी अपराधी से कहें कि उसके अपराध का कारण उसके स्वभाव अथवा चरित्र की प्रवृत्ति नहीं,

बल्कि परिस्थितियाँ हैं तो वह आपका बहुत ही आभार मानेगा। अपने वकील के भाषण में यही वह स्थल होगा, जहाँ वह आँसू बहाने की सोचेगा। लेकिन जन्म से ईमानदार या बुद्धिमान होने में भेद कोई नहीं है ठीक वैसे ही परिस्थितियों से विवश होकर या स्वभाव से अपराधी बनने में व्यक्ति के दायित्व में कोई विशेष अन्तर नहीं है। पर उन बदमाशों को तो चाहिए छूट, यानी अनुत्तरदायित्व, और वे बेशर्मी से स्वभाव अथवा परिस्थितियों की विवशता की आड़ ले लेते हैं, चाहे वे परस्पर विरोधी ही क्यों न हों। ज़रूरी तो यह है कि वे निर्दोष रहें और उनके सद्गुणों पर जन्मजात होने के नाते सन्देह न किया जाए और उनके पाप-कर्म की प्रवृत्ति दुर्भाग्यजन्य होने के कारण अस्थायी से अधिक कभी न मानी जाए। जैसा मैंने कहा, प्रश्न तो निर्णय से बचे रहने का है। चूँकि बचे रहना मुश्किल है, और अपने स्वभाव की एक ही साथ स्तुति कराना और उसे क्षंतव्य बनाए रखना कष्ट-साध्य है, इसलिए वे सब धनवान बनने की चेष्टा करते हैं। क्यों? आपने कभी अपने-आपसे यह पूछा है? शक्ति प्राप्त करने के लिए, और नहीं तो क्यों? पर ख़ासतौर से इसलिए कि समृद्धि तात्कालिक निर्णय पाने के विरुद्ध ढाल का काम करती है 'अंडरग्राउंड' की भीड़ से हटाकर आपको शानदार मोटरकार के भीतर पहुँचा देती है, विशाल संरक्षित लॉन, 'पुलमन' बसों और फ़र्स्ट-कलाम केबिनों में ले जाकर आपको औरों से पृथक् कर देती है। समृद्धि, मेरे दोस्त, एकदम छुटकारा तो नहीं है, पर दंड-स्थगन अवश्य है, और इसलिए निश्चय ही ग्राह्य है।

अपने मित्रों पर उस समय कभी विश्वास न कीजिए जब वे आपसे अपने प्रति सच्चे व्यवहार का आग्रह करें। वे केवल इसकी आशा करते

हैं कि उनकी अपने बारे में जो अच्छी राय है, उसे आपकी सच्ची मित्रता की प्रतिज्ञा द्वारा, एक और आश्वासन पाकर प्रोत्साहन मिलेगा। मित्रता का आधार सच्चा व्यवहार कैसे हो सकता है? किन्हीं भी दामों सचाई का आग्रह एक ऐसा भावोद्रेक है, जो न ज़रा भी छूट देता है और न जिसका कोई अवरोध करता है। वह एक अवगुण है, जो कभी-कभी ही सांत्वनाप्रद होता है, या यों कहें कि एक स्वार्थ है। इसलिए अगर आप उस स्थिति में हों तो संकोच न करिए, वादा करिए सच बोलने का और जितने बढ़िया तरीक़े से हो सके, झूठ बोलते जाइए। आप उनकी छिपी हुई आकांक्षा को तृप्त कर देंगे और अपने प्रेम का दूना प्रमाण दे सकेंगे।

यह बात इतनी सच है कि हम उन लोगों से अपने मन की बात कम ही कहते हैं, जो हमसे बेहतर हैं, बल्कि हम उनकी संगत से दूर-दूर भागते हैं। अधिकतर हम उनसे अपने मन की बात कहते हैं, जो हमारी ही तरह हैं; और जो हमारी दुर्बलताओं के साझीदार हैं। अत: हम अपनी उन्नति करना या कराना नहीं चाहते; क्योंकि इस चेष्टा में ही यह निहित होगा कि अगर न कर सके तो असफलता पर हमें निर्णयापेक्षी बनना पड़ेगा। हम तो केवल चाहते हैं कि जो राह हमने चुनी है, उसी पर हमें सहानुभूति प्राप्त होती रहे और हमारा उत्साहवर्धन किया जाता रहे। संक्षेप में हम चाहते हैं कि एक ही साथ हम दोषी भी रहें, और हमें अपने को पवित्र बनाने की चेष्टा भी न करनी पड़े। न तो हम काफ़ी सनकी ही हैं, न काफ़ी पुण्यवान। न तो हममें दुष्कर्म करने की अपेक्षित शक्ति है और न सत्कार्य करने की। आप दाँते से परिचित हैं? सचमुच? अरे, वाह! मैंने कभी न सोचा था। तब तो आपको मालूम होगा कि दाँते ने ईश्वर और शैतान की लड़ाई में निष्पक्ष देवदूतों का अस्तित्व स्वीकार किया है

और उन्हें वह 'निम्बों' में स्थापित करता है, जो उसके नरक के दालान की तरह है। हम उसी दालान में हैं, मेरे प्यारे दोस्त!

धीरज? आप शायद ठीक कहते हैं। कयामत का इन्तज़ार करने के लिए धीरज ही अपेक्षित है : पर बात तो यह है कि हम जल्दी में हैं—इतनी जल्दी में कि मुझे अपने-आपको अनुतापी-निर्णायक बनाना ही पड़ा। पर पहले मुझे अपनी नई खोजों के साथ किसी प्रकार काम चलाना पड़ा और अपने समकालीनों की हँसी के साथ अपना तालमेल बिठाना पड़ा। उस शाम के बाद जब मुझे पुकारा गया था—क्योंकि वास्तव में मुझे पुकारा गया था मुझे उत्तर देना था—या कम-से-कम, उत्तर खोजना तो था ही। यह आसान नहीं था, और कुछ समय तक मैं लड़खड़ाता रहा। पहले तो उस अनवरत हँसी और हँसनेवालों के द्वारा मुझे यह शिक्षा मिलनी थी कि मैं अपने अन्तर में स्पष्ट देख सकूँ, जिससे अन्ततः यह समझ जाऊँ कि मैं सरल-व्यक्तित्व नहीं हूँ। मुस्कराइए नहीं, वह सत्य इतना सारभूत नहीं है, जितना दीखता है। जिन्हें हम सारभूत सत्य कहते हैं, वे और कोई नहीं सिर्फ़ वे ही हैं, जिनका पता हमें औरों के बाद लगता है।

जो भी हो, अपने बारे में लम्बा अन्वेषण करने के बाद मैंने मनुष्य की मौलिक द्विविधता का पता लगाया। तब अपनी स्मृतियों को खोदने के परिणामस्वरूप मैं समझा कि विनयशीलता ने मुझे चमकने में सहायता दी, नम्रता ने विजय पाने में और सद्गुणों ने अत्याचार करने में। मैं शान्तिपूर्ण साधनों से युद्ध करता था और अन्त में निर्लिप्तता की विधियों से जो चाहता था, प्राप्त कर लेता था। उदाहरण के लिए, अपने जन्मदिन के उपेक्षित होने की मैंने कभी शिकायत नहीं की; इस विषय पर मेरी बुद्धिमानी से लोगों को आश्चर्य होता था—कुछ आदर-मिश्रित भाव के साथ। पर मेरी

निर्लिप्तता के कारणों में तो और भी अधिक बुद्धिमानी थी; मेरी तीव्र उत्कंठा थी कि लोग मुझे भूल जाएँ ताकि मुझे शिकायत का अवसर मिले। उस विख्यात तिथि के (जिसे मैं बख़ूबी जानता था) कई दिन पहले से मैं चौकन्ना रहता था, व्यग्रता से देखता था कि कोई ऐसी बात न हो जिससे उन लोगों की, जिनकी भूल के आसरे मैं बैठा था, स्मृति जाग उठे। मैंने क्या एक बार यह तक नहीं सोचा कि अपने मित्र के कैलेंडर की तारीख़ ग़लत कर दूँ? एक बार मेरा अकेलापन पूरी तरह प्रमाणित हो जाता तो मैं शक्तिशाली आत्म-करुणा के प्रति आत्मसमर्पण कर देता।

इस प्रकार मेरे समस्त सद्‌गुणों का पृष्ठभाग इतना भव्य न था। यह सच है कि एक और तरह मेरी कमियाँ मेरे लिए लाभदायक सिद्ध हुईं। अपने जीवन के दूषित अंश को छिपाने की जो बाध्यता मैं अनुभव करता था, उसने मेरी आकृति पर एक निर्वेद की मुद्रा ला दी थी, जिसे लोग सदाचारिता की मुद्रा समझने की भूल कर बैठते थे। मेरी उदासीनता मेरे प्रति प्रेम जगाती थी; मेरी स्वार्थपरता की चरम परिणति मेरी उदारताएँ थीं। यहाँ मैं रुकूँगा, नहीं तो अतिशय साम्य मेरे तर्क को गड़बड़ा देगा। पर बात तो यह है कि बाहर से मैं बड़ा कठोर दीखता था, फिर भी कभी एक प्याला शराब या किसी औरत के आमंत्रण को मैं अस्वीकार नहीं कर सका। मैं क्रियाशील और उद्यमशील समझा जाता था और मेरा साम्राज्य था शयनागार। मैं अपनी सचाई का विज्ञापन तो करता था, पर मैं नहीं समझता कि ऐसा कोई भी व्यक्ति है, जिससे मैंने प्रेम किया हो; और जिसे अन्त में धोखा न दिया हो। पर इसमें सन्देह नहीं कि मेरे विश्वासघात मेरी सचाई में बाधक नहीं बने। अकर्मण्यता की क्रमिक अवधियों में मैं काफ़ी काम निपटा लिया करता था; और मैंने पड़ोसी की

सहायता करना कभी नहीं छोड़ा, मुझे उसमें सुख जो मिलता था, इसी कारण। पर इन तथ्यों को मैं कितनी ही बार अपने से क्यों न दुहराता रहा होऊँ, मुझे उनसे केवल सतही सांत्वना-भर मिलती थी। किन्हीं-किन्हीं दिनों मैं अपने विरुद्ध अभियोग भलीभाँति तैयार करके इस परिणाम पर पहुँचता था कि मेरा प्रधान दोष रहा है तिरस्कार करना। वे ही लोग, जिनकी मैं सबसे ज़्यादा सहायता करता, सबसे ज़्यादा तिरस्कृत भी थे। मानो मैं शिष्टतापूर्वक संवेगसित दृढ़ता के साथ, प्रतिदिन ग्रंथों के मुँह पर थूकता रहा होऊँ।

मुझे साफ़-साफ़ बताइए, क्या इसके लिए कोई समुचित कारण हो सकता है? है तो एक, पर वह इतना वाहियात है कि उसे पेश करने की कल्पना भी नहीं कर सकता। ख़ैर, जो भी हो, लीजिए बताता हूँ—मैं कभी इस बात पर विश्वास नहीं कर सका कि मानव-व्यापार कोई गम्भीर विषय है। यह मैं बिलकुल नहीं जानता था कि गम्भीरता यदि है तो किसमें, जानता केवल इतना ही था कि अपने चारों ओर जो मैं देखता था, उसमें तो नहीं ही थी—वह मुझे खिलवाड़-सा लगता था, मनोरंजक या उबानेवाला। सचमुच ऐसे बहुत-से प्रयास हैं, बहुत से विश्वास हैं, जिन्हें मैं कभी नहीं समझ पाया हूँ। मैं उन विचित्र जीवों को अचम्भे से और सन्देह से देखता था, जो रुपये के लिए जान देते थे, या किसी पद या प्रतिष्ठा के खो जाने से घोर नैराश्य में डूब जाते थे, या अपने परिवार की सम्पन्नता के हेतु बड़े ही शोर-शराबे के साथ आत्मबलिदान करते थे। मैं उस मित्र को ज़्यादा अच्छी तरह समझ पाता था, जिसने एक बार सिगरेट न पीने का निश्चय किया और मात्र दृढ़ निश्चय के कारण सफल भी हुआ। एक दिन सुबह उसने अख़बार खोला, पढ़ा कि पहले

उद्जन-बम का विस्फोट हो गया है, उसके चमत्कारी प्रभावों के बारे में जाना-समझा और फिर झपटता हुआ तम्बाकू की दुकान की तरफ़ बढ़ा।

यह सच है कि कभी-कभी मैं जीवन के प्रति गम्भीर बनने का बहाना किया करता था, पर शीघ्र ही मुझे गाम्भीर्य की निरर्थकता का ध्यान हो आता था, और मैं केवल यथाशक्य अपना पार्ट अदा करता रहता था। मैं पार्ट अदा करता था कार्य-कुशल होने का, बुद्धिमान होने का, सदाचारी होने का, अच्छा नागरिक होने का, मर्माहत होने का, क्षमाशील होने का, दायित्व-परायण होने का, मनीषी होने का—संक्षेप में, तूल देने की तो कोई आवश्यकता नहीं है, यह तो आपकी समझ में आ ही गया होगा कि मैं अपने उन हॉलैंड-वासियों की तरह था, जो यहाँ होते हुए भी नहीं हैं। अपने अधिकतम विस्तार के क्षणों में मैं सर्वथा अनुपस्थित रहता था। मैं कभी भी बहुत गम्भीर या उत्साही नहीं रहा हूँ, केवल खेल में भाग लेते समय को छोड़कर, और उस समय को छोड़कर जब मैं फ़ौज में था और अपने ही मनोरंजन के लिए किए गए नाटकों में भाग लेता था। दोनों में ही खेल के नियम थे, जो गम्भीर नहीं थे, पर जिनके प्रति गम्भीर रहने में हम रस लेते थे। अब भी रविवार के खेलों के वक़्त खचाखच भरे हुए स्टेडियम और नाट्यशाला में—जिसके प्रति मेरा अप्रतिम अनुराग है—संसार में ये दो ही स्थान ऐसे हैं, जहाँ मैं निर्दोष अनुभव करता हूँ।

पर कौन इस प्रकार के दृष्टिकोण को उचित मानेगा, प्रेम, मरण और अकिंचनता-जैसे विषयों के समक्ष? पर इसके बारे में किया ही क्या जा सकता है? मैं इसोल्डे के-से प्रेम की कल्पना उपन्यासों में अथवा नाटक में ही कर सकता था। कभी-कभी मुझे लगता था कि मृत्यु-शय्या

पर पड़े लोग अपने पार्ट को अदा कर रहे हैं। मेरे बेचारे मुवक्किल, जो कुछ बोलते थे, वह मुझे लगता था, इसी नमूने से बोल रहे हैं। अत: लोगों के बीच रहते हुए, बिना उनकी रुचि की वस्तुओं में रस लिये, मैं जो वादे करता था, उन पर मेरी आस्था नहीं हो पाती थी। मैं इतना आलसी भी था और शालीन भी कि अपने व्यवसाय में, परिवार में अथवा नागरिक जीवन में मुझसे जो भी अपेक्षित था, वह पूरा कर देता था, पर हर बार इतनी उदासीनता के साथ कि बात बिगाड़ देता था। मेरा समस्त जीवन दोहरे सिद्धान्तों के अधीन रहा और मेरी गम्भीरतम क्रियाएँ बहुधा वे होती थीं, जिनमें मेरा न्यूनतम लगाव रहता था। मेरी सारी भूलों के ऊपर क्या यही वह बात नहीं थी, जिसके लिए मैं अपने को क्षमा नहीं कर सका, जिसने मुझको उस निर्णय के विरुद्ध तीव्र विद्रोह की प्रेरणा दी, जिस निर्णय को मैं अपने अन्तस में और परिवेश में मूर्त होता हुआ अनुभव कर रहा था, और जिसने मुझे पलायन करने के लिए बाध्य किया।

कुछ दिन तक तो देखने में मेरा जीवन वैसा ही चलता रहा, जैसे इसमें कोई परिवर्तन न आया हो। मैं जैसे रेल की पटरी पर आगे दौड़ता ही चला जा रहा था। लोगों की प्रशंसाओं में वृद्धि होती गई—मानो किसी उद्‌देश्य से। और वहीं से विपत्ति का आरम्भ हुआ। आपको वह उक्ति याद है—"दुर्भाग्य होगा तुम्हारा जब सब तुम्हारी प्रशंसा करने लगें?" ओह, जिसने ये—शब्द कहे थे उसने कितनी बुद्धिमानी की बात कही थी। दुर्भाग्य मेरा! परिणामत: इंजन मनमानी करने लगा और उसमें अजीब-अजीब ख़राबियाँ पैदा होने लगीं।

उसी समय मेरे दैनन्दिन जीवन में मृत्यु के विचार का विस्फोट हुआ। मैं अपने जीवन को मृत्यु के समय से पृथक् करनेवाली अवधि

का अनुमान करने लगा, उन लोगों के उदाहरण ढूँढ़ने लगा, जो मेरे समवयस्क थे और जिनकी मृत्यु हो चुकी थी। और मुझे इस विचार से यंत्रणा होने लगी थी कि कहीं ऐसा न हो कि मुझे अपना काम पूरा करने का समय न मिले। कौन-सा काम? मैं बिलकुल नहीं जानता था। साफ़ बात तो यह थी कि जो मैं कर रहा था, वही क्या करते रहने योग्य था? पर एकदम यही बात नहीं थी। वास्तव में तो एक हास्यास्पद आशंका मेरा पीछा कर रही थी—अपने सारे झूठ स्वीकार किए बिना कोई कैसे मर सकता है? ईश्वर के सामने या उसके किसी प्रतिनिधि के सामने नहीं, इस सबके तो मैं ऊपर था, जैसा कि आप आसानी से समझ सकते हैं। नहीं, बात मनुष्य के सामने स्वीकार करने की थी, किसी मित्र के सामने, किसी प्रेयसी के सामने। नहीं तो अगर जीवन में एक भी झूठ छिपा रह गया तो मृत्यु उसे मुहरबन्द कर देगी। कोई भी, कभी फिर न जान सकेगा कि उस तथ्य के बारे में सच क्या है, क्योंकि जो एक व्यक्ति जानता था, वह वही मृत व्यक्ति था, जो अपने रहस्य को लिये सो गया था। सत्य की उस पूर्ण हत्या के विचार-मात्र से मेरा सिर चक्कर खाने लगा था, पर आज उसके बजाय यह विचार मुझे एक सूक्ष्म सुख ही देगा। मैं ही एक अकेला व्यक्ति हूँ, जो वह बात जानता हूँ, जिसे बाक़ी सब ढूँढ़ रहे हैं...और मेरे घर में एक ऐसी चीज़ छिपी है जिसके लिए तीन देशों की पुलिस वृथा भागती फिर रही है; यह विचार मुझे परम आनन्द देता है। पर इसमें हम लोग न पड़ें। उस समय मुझे यह नुस्खा नहीं मिला था और मैं परेशान था।

बेशक, मैंने अपने को सँभाला। पीढ़ी-दर-पीढ़ी के इतिहास में एक व्यक्ति के झूठ का क्या महत्त्व? और यह भी कितनी धृष्टता थी कि सत्य

के पूर्ण प्रकाश में एक छोटी-मोटी बेईमानी को घसीटकर लाने की इच्छा हो, जो सदियों के सागर में उसी तरह खो गई थी, जैसे समुद्र में बालू का एक कण! मैंने अपने-आपको यह कहकर भी समझाया कि शरीर की मृत्यु—जो मौतें मैंने देखी थीं, उनके आधार पर कहूँ तो—अपने में ही पर्याप्त दंड है और उससे सम्यक् परिमार्जन हो जाता है। मुक्ति प्राप्त होती है (अर्थात् हमेशा के लिए अन्तर्धान होने का अधिकार) अंत्य-यातना के स्वेद से। फिर भी असन्तोष बढ़ता गया; मृत्यु निष्ठापूर्वक मेरी शय्या के साथ लगी रही; सुबह मैं आँखें खोलता था तो उसके साथ। प्रशंसा की शब्दावली मेरे लिए अधिकाधिक असह्य होती गई। मुझे लगता था कि उसके साथ मेरा असत्य इतने असाधारण रूप से विशाल होता जा रहा है कि मैं कभी अपने को सँभाल न पाऊँगा।

एक दिन आया जब मेरे लिए सहन करना असम्भव हो गया। मेरी पहली प्रतिक्रिया अत्यन्त उग्र हुई। क्योंकि मैं असत्यवादी था, इसलिए मैं इस बात को प्रकट कर दूँगा और अपनी द्विविधता उन सब मूर्खों के सामने ले पटकूँगा, इसके पहले कि वे ख़ुद उसका पता लगा सकें। जब मुझे सत्य के लिए ललकारा गया है तो मैं चुनौती स्वीकार करूँगा। इसके पहले कि लोग मुझ पर हँसना शुरू करें, मैंने चारों तरफ़ से उठते हुए उपहास के बीच अपने को झोंक देने की सोची। वास्तव में तब भी प्रश्न निर्णय से बचने का ही बना रहा। मैं चाहता था कि हँसनेवाले मेरी तरफ़ हो जाएँ या कम-से-कम मैं उनकी तरफ़ जा मिलूँ। मैंने सोचा, एक यही उदाहरण ले लें कि सड़क पर चलते अन्धों को धक्का देता चलूँ और इस विचार से जो गुप्त, अप्रत्याशित उल्लास मेरे मन में जगा, उससे मैंने जाना कि मेरे मन का एक अंश उनसे कितनी ज़्यादा घृणा

करता रहा था। मैंने पंगुओं की पहिएदार कुर्सियों के पहिए पंचर करने की योजनाएँ बनाईं, जिस मचान पर मज़दूर काम कर रहे हों, उसके नीचे जाकर 'गन्दे प्रोलिटेरियन!' चिल्लाने की बात सोची, 'अंडरग्राउंड' में शिशुओं को चपतियाने का विचार किया। मैंने इन सबके सपने देखे, पर किया कुछ भी नहीं; और अगर इस तरह की कोई चीज़ भी हो तो अब तक उसे भूल गया हूँ। जो भी हो 'न्याय' शब्द-मात्र से क्रोध का अजीब तूफ़ान मेरे मन में उठ आता था। न्यायालय में अपने भाषण देते समय आवश्यकतावश मैं उसका उपयोग करता रहा, पर इसका बदला मैं निकाल लेता था, खुलेआम मानवतावादी भावना की निन्दा करके। मैंने घोषणा की कि मैं एक विज्ञप्ति छपाऊँगा, जिसमें शोषितों द्वारा भद्र जनों पर किए गए अत्याचारों को खोलकर रख दूँगा। एक दिन जब मैं एक सड़क के किनारे के रेस्तराँ में बैठा मछली खा रहा था और एक भिखमंगे ने मुझे दिक करना शुरू किया तो मैंने रेस्तराँ के मालिक को पुकारकर कहा कि उसे भगा दे और न्याय के उस कार्यवाहक के इन शब्दों को ज़ोरों से समर्थन किया कि 'भाई तुम लोगों को क्यों परेशान कर रहे हो?' उसने कहा, 'अरे ज़रा, इन भद्र महिलाओं और सज्जनों की जगह अपने को तो रख के देखो। और अन्त में उन लोगों से, जो सुनने को तैयार हो जाते, कहता था कि मुझे इसी बात का अफ़सोस है कि अब यह सम्भव नहीं रहा कि उस रूसी ज़मींदार की तरह आचरण किया जाए जिसका मैं बहुत आदर करता था। वह अपने उन किसानों को भी कोड़े लगवाता था, जो झुककर उसे सलाम करते थे और उन्हें भी जो नहीं करते थे; ताकि वह उस दुस्साहस को दंडित कर सके, जिसे वह दोनों दशाओं में समान रूप से धृष्ट समझता था।

लेकिन मुझे अतिरेक के अधिक गम्भीर अवसर भी याद आते हैं। मैंने एक स्तुति का काव्य 'पुलिस के प्रति' और एक 'गिलोटीन वन्दना' लिखना शुरू किया। इनसे भी ज़्यादा—मैं अपने को बाध्य करता था कि नियमित रूप से उन विशिष्ट कैफ़े में जाऊँ, जहाँ हमारे व्यावसायिक मानवतावादी स्वतंत्र विचारक नास्तिक इकट्ठे होते थे। मेरे विगत सदाचरण के कारण मेरा स्वागत तो पूर्व-निश्चित रहता था। वहाँ बिना किसी प्रत्यक्ष प्रयास के मैं कोई निषिद्ध बात हवा में उछाल देता था, जैसे 'ईश्वर को धन्यवाद है' या केवल इतना ही कि 'हे भगवान!' आप तो जानते ही हैं कि हमारे कैफ़े के नास्तिक कितने संकोची बालकों की तरह होते हैं। मर्यादा का उल्लंघन करनेवाले इन शब्दों के बाद कुछ स्तम्भित क्षण बीत जाते थे; भौंचक्के-से वे एक-दूसरे की तरफ़ देखते थे और फिर कोलाहल फूट पड़ता था। कुछ तो कैफ़े छोड़ भाग निकलते थे, कुछ किसी बात पर कान दिए बिना बड़बड़ाते ही जाते थे और सब-के-सब घोर यातना से उसी तरह ऐंठने-तड़पने लगते थे, जैसे पुनीत जल में शैतान।

आपको यह सब बहुत बचकाना लगता होगा। पर शायद इन छोटे-मोटे मज़ाक़ों के पीछे कोई ज़्यादा गम्भीर कारण रहा हो। मैं खेल बिगाड़ देना चाहता था, और सबसे ज़्यादा यह चाहता था कि अपनी नेकनामी को नष्ट कर दूँ, जिसके विचार से ही मुझे ज़ोर का ग़ुस्सा आ जाता था। लोग मीठी तरह कहते, "आप-जैसे व्यक्ति—" और मैं जल उठता। मुझे उनका सम्मान नहीं चाहिए था, क्योंकि वह सार्वजनीन नहीं था और सार्वजनीन होता भी कैसे जब मैं ही उसमें साझीदार नहीं बन सकता था? इसीलिए बेहतर था कि सबके निर्णय और सम्मान को

उपहास के आवरण से ढँक दूँ। जो भावना मुझे घोट रही थी, उसे किसी भी मूल्य पर मुक्त करना आवश्यक था। सबकी आँखों के सामने प्रकट करने के लिए कि वह काहे का बना है, मैं उस सुन्दर मोम के पुतले को तोड़ डालना चाहता था, जिसके रूप में मैं हर जगह दीखता था। मिसाल के लिए, मुझे याद है कि एक बार नौसिखिए वकीलों के लिए मुझे एक अनौपचारिक व्याख्यान देना पड़ा। बार-एसोसिएशन के अध्यक्ष ने मेरा परिचय जिस अतिशय स्तुत्यात्मक ढंग से दिया, उससे चिढ़कर मैं ज़्यादा देर अपने को रोक नहीं सका। भाषण शुरू तो मैंने उसी भावातिरेक और उत्साह के साथ किया, जिसकी मुझसे आशा की गई थी और जिसका आह्वान मेरे लिए कठिन नहीं था, पर सहसा मैंने प्रतिरक्षा की प्रणाली के रूप में सन्धि-सम्बन्धों की राय देना शुरू कर दिया। वह सन्धि-सम्बन्ध नहीं, मैंने कहा, जो आधुनिक यातना-यंत्रों ने पूर्णतया विकसित कर लिये हैं और जो चोर और साहूकार को एक ही तराजू में तौलते हैं, ताकि दूसरे को पहले के अपराधों के बोझ से दबा दें। इसके विपरीत, मैं चोर के पक्ष-समर्थन के लिए ईमानदार के अपराध प्रकट करना चाहूँगा, अर्थात् इस प्रसंग में वकील के। इस बात को मैंने बड़ी स्पष्टता से समझाया :

"मान लीजिए कि मैंने किसी बेचारे, दयनीय नागरिक के पक्ष में खड़ा होना स्वीकार किया है, जो ईर्ष्या के कारण हत्यारा बन गया है। जूरी के मान्य सदस्यगण, सोचिए ज़रा (मैं कहूँगा) नारी की द्वेष-भावना द्वारा अपनी स्वाभाविक सज्जनता की परीक्षा की जाने पर क्रोध आना कितना क्षम्य अपराध है! उसके विपरीत क्या यह गुरुतर अपराध नहीं है कि कभी स्वयं सज्जन बने बग़ैर या बिना कभी धोखा खाए आदमी वकील बनकर जहाँ मैं खड़ा हूँ, वहाँ खड़ा हो? मैं स्वतंत्र हूँ, आपके

कठोर दंडों से सुरक्षित, पर मैं हूँ कौन? गर्व में लुई चौदहवें की तरह, काम-वासना में बकरे की तरह, क्रोधाग्नि में फैरो की तरह और आलस्य का बादशाह। मैंने किसी की हत्या नहीं की। सच है, अभी तक तो नहीं। पर क्या मैंने भले लोगों को मरने नहीं दिया? शायद। और शायद मैं फिर वही करने को तैयार होऊँ। जबकि यह व्यक्ति—देखिए ज़रा इसे—यह व्यक्ति फिर ऐसा नहीं करेगा। जो कुछ वह कर बैठा है, उससे वह स्वयं ही अभी तक अभिभूत है।" इस भाषण से मेरे युवा सहयोगी कुछ घबरा गए। कुछ क्षण में उन्होंने तय किया कि इस पर हँस दिया जाए। और ये पूरी तरह आश्वस्त हो गए जब मैं भाषण की समाप्ति पर पहुँचा और मैंने व्यक्तित्व का और उसके तथाकथित अधिकारों का आह्वान किया। उस दिन अन्त में इच्छा की हार और आदत की जीत हुई।

इन मज़ेदार लापरवाहियों को बार-बार करके मैं अपने बारे में लोगों की राय को केवल उलझा देने में ही सफल हुआ, उसे निहत्था करने में नहीं, और अपने-आपको निहत्था करने में तो बिलकुल ही नहीं। अपने श्रोताओं में मुझे अचम्भे के जो भाव अधिकतर मिले—उनका कुछ मौन-सा संकोच, कुछ-कुछ वैसा ही जैसा आप दिखा रहे हैं—नहीं, नहीं, आप सफ़ाई न दें—वे मुझे ज़रा भी शान्त नहीं करते थे। बात यह है कि अपने को निरपराध सिद्ध करने के लिए अपने ऊपर दोषारोपण करना काफ़ी नहीं है—वरना मैं तो बिलकुल ही भोला-भाला बन जाता। अपने ऊपर एक ख़ास तरीक़े से दोषारोपण करना होता है, उस विधि को सिद्ध करने में मुझे काफ़ी समय लगा। जबकि मैं बिलकुल दीन-हीन अवस्था में पहुँच गया, तब जाकर मुझे कहीं उसका पता लगा। तब तक हँसी की फुहारें मेरी ओर बह आया करती रहीं और मेरे यदा-कदा किए गए

प्रयत्न उसे उस सदय, प्राय: कोमल गुण से, जो कि मुझे पीड़ा पहुँचाता था—पृथक करने में सर्वथा असमर्थ रहे।

पर लगता है, समुद्र बढ़ा आ रहा है। हमारी नाव के छूटने में अब देर नहीं है; दिन समाप्ति पर है। देखिए कपोत वहाँ इकट्ठा हो रहे हैं। प्राय: निश्चल! प्रकाश क्षीण हो रहा है। आप नहीं चाहते कि हम लोग मौन होकर इस कुछ अमंगल-से क्षण का आनन्द लें? नहीं। मेरी बातों में आपको मज़ा आता है? आप बहुत मेहरबान हैं। इसके अलावा अब मुझे वाक़ई इसका ख़तरा मालूम होता है कि कहीं मैं, मेरी बातें आपके लिए दिलचस्प न बन जाएँ। अनुतापी-निर्णायक की व्याख्या करने के पहले मुझे आपसे बातें करनी होंगी विलासिता की—और काल-कोठरी की।

आप ग़लती पर हैं मित्र, जहाज़ तो पूरी तेज़ी से चल रहा है, पर ज्वाइडरजी मृत समुद्र है या मृतप्राय। उसके समतल किनारे कुहासे में खोए हुए हैं। मालूम ही नहीं पड़ता कि कहाँ उसका आरम्भ है और कहाँ अन्त। अत: हम लोग बिना किसी मार्ग-चिह्न के सहारे बढ़ रहे हैं, अपनी चाल की तेज़ी का कोई अनुमान नहीं कर सकते। हम प्रगति कर रहे हैं, पर कुछ बदल नहीं रहा है। यह नौयात्रा नहीं है, सपना देखना है।

यूनानी टापुओं के समूह में मेरा अनुभव इसके विपरीत था। क्षितिज पर निरन्तर नए-नए द्वीप दीखते जाते थे। उनकी वृक्ष-विहीन रीढ़ की हड्डी क्षितिज-रेखा थी और उनका किनारा, सागर से तीव्र विरोध में उभरता आता था। वहाँ भूल की कोई सम्भावना न थी; तेज़ रोशनी में सभी कुछ मार्ग-चिह्न था। और एक द्वीप से दूसरे द्वीप तक नाव पर,

जो फिर भी मन्थर गति से ही चल रही थी, मुझे निरन्तर ऐसा लगता कि हम रात-दिन बढ़ते जा रहे हैं, ठंडी लहरों के शीर्ष पर, फेन और हँसी की बौछारों से भरी एक लम्बी दौड़ में। तब से यूनान देश स्वयं ही मेरे अन्तर में कहीं प्रवाहित होता रहता है—सुधियों के सिरे पर, अथक... पर रोकिए, रोकिए मुझे! मैं भी प्रवाह में बहा जा रहा हूँ; मैं तो कविता करने लगा! मुझे रोकिए, मित्र!

ख़ैर, आप यूनान से परिचित हैं? नहीं? तो और भी अच्छा है। हम लोग वहाँ करेंगे ही क्या, मैं पूछता हूँ? वहाँ तो आवश्यकता है शुद्ध हृदयों की। आप जानते हैं कि वहाँ दो मित्र, सड़क पर एक-दूसरे का हाथ पकड़े घूमते हैं। हाँ, औरतें घर बैठती हैं और प्रतिष्ठित, अधेड़, मूँछधारी पुरुष, पटरी पर गम्भीरतापूर्वक क़दम बढ़ाते हुए, सड़कों पर घूमते हैं अपने दोस्त की उँगलियों में अपनी उँगलियाँ फँसाए हुए। अच्छा तो पूर्व के देशों में भी ऐसा ही होता है? कभी-कभी? हाँ, होगा। पर बोलिए, आप पेरिस की सड़कों पर मेरा हाथ अपने हाथ में लेकर घूमेंगे? अरे, मैं तो मज़ाक़ कर रहा था। हम लोगों में तो औचित्य के भाव रहते हैं, हमारी प्राकृतिक तलछट ही हमारा आचरण औपचारिक बना देती है। पर यूनान के द्वीपों में अवतरित होने से पहले तो हमें भलीभाँति अपना परिमार्जन करना पड़ेगा। वहाँ की हवा पावन है, वहाँ सागर और ऐन्द्रिक सुख पारदर्शी हैं। और हम...

आइए, हम इन डेक-चेयर्स पर बैठें। क्या कोहरा छाया है! हाँ, तो मेरा ख़याल है मैंने काल-कोठरी तक पहुँचते-पहुँचते अपने को रोक लिया था। जी हाँ, मैं बताऊँगा आपको कि मेरा आशय क्या है। संघर्ष करने के बाद, अपनी धृष्टताओं की सभी चेष्टाओं को चुका देने के बाद,

अपने सारे प्रयासों की व्यर्थता से हतोत्साहित होकर, मैंने आदमियों की मुहब्बत छोड़ देने का निश्चय किया। जी नहीं, मैंने किसी मरुद्वीप की कामना नहीं की थी, अब तो कोई रहा भी नहीं है। मैंने तो केवल औरतों के बीच शरण ली। आप तो जानते ही हैं, वे किसी भी दुर्बलता का वास्तव में तिरस्कार नहीं करती हैं; उनकी तो इच्छा रहती है हमारी शक्ति को निहत्था बना देने की या उसकी मान-हानि करने की। इसी कारण नारी योद्धा की नहीं, अपराधी की होती है। वही उसका बन्दरगाह है, उसका आश्रय। किसी औरत की शय्या से ही अधिकतर उसे गिरफ़्तार किया जाता है। पृथ्वी पर स्वर्ग का क्या वही एकमात्र अंश नहीं है, जो अब तक हमें उपलब्ध है? आपदकाल में मैं भी अपने सहज सुरक्षा-स्थल की तरफ़ भागा। पर अब मैं मीठे-मीठे भाषण नहीं देता था। आदत के कारण मैं अब भी कुछ दाँव तो लगाता था, लेकिन कहानी गढ़ने की कला का अभाव हो गया था। मुझे कहने में संकोच होता है, क्योंकि मैं शायद कुछ और वर्जित शब्दावली का व्यवहार कर जाऊँ। लगता है कि उस समय मुझे प्रेम की आवश्यकता का अनुभव हुआ। अश्लील है, है न? जो भी हो, मुझे एक गुप्त पीड़ा अनुभव हुई, एक प्रकार का अभाव, जिसने मुझे और भी रिक्त कर दिया और इसकी अनुमति दे दी, कुछ तो ज़रूरत से और कुछ कौतुक समझकर, कि मैं कुछ वादे कर दूँ। जितना ही मुझे यह लगता था कि मुझे प्रेम करने और पाने की आवश्यकता है, उसी मात्रा में मैं समझता था कि मैं प्रेम में फँस गया हूँ। दूसरे शब्दों में, मैं अभिनय करता रहा।

अकसर मैं अपने को एक प्रश्न करता पाता था, जिसे कि अनुभवी व्यक्ति होने के कारण पहले मैं हमेशा बचाता रहा था। मैं अपने को यह

पूछता सुनता था कि 'तुम मुझसे प्रेम करती हो?' आप जानते हैं इस तरह की बातचीत में उत्तर यही होता है 'और तुम?' अगर मैं कह देता था 'हाँ' तो मैं देखता कि अपनी वास्तविक भावनाओं से अधिक गहरे में पहुँच गया हूँ और अगर मैं 'ना' करने की हिम्मत करता तो यह डर होता कि मैं प्रेम पाने से भी वंचित रह जाऊँ और परिणामस्वरूप मुझे पीड़ा झेलनी पड़े। जिस भावना से मुझे शान्ति पाने की आशा थी, उस भावना को जितना ही अधिक मैं संकट में पड़ी देखता था, उतना ही अधिक अपनी संगिनी से उसकी माँग करता था। अत: मैं अधिकाधिक स्पष्ट वादे करता गया। इस प्रकार मैं एक मोहिनी मूर्खा के प्रेम-पाश में फँस गया, जिसने रसीले-रँगीले प्रकाशन इतनी अच्छी तरह पढ़ रखे थे कि वह प्रेम के विषय में उसी विश्वास और दृढ़ता से बात करती थी, जैसे कोई बुद्धिजीवी वर्गहीन समाज के बारे में करे। इस प्रकार का विश्वास आप जानते ही हैं, संक्रामक होता है। मैंने भी उसी तरह प्रेम की चर्चा करके देखा और अन्त में विश्वास दिला ही दिया। कम-से-कम तब तक जब तक कि वह मेरी प्रेमिका नहीं बनी और मैंने यह नहीं देखा कि रँगीले प्रकाशनों द्वारा प्रेम के विषय में चर्चा करना कितना ही क्यों न आ जाए, प्रेम की कला की शिक्षा नहीं मिलती है। तोते को प्यार करने के बाद मुझे सोना पड़ा साँपिन के साथ। पुस्तकों में चर्चित वह प्रेम, जो मैंने जीवन में कभी नहीं पाया था, मुझे अन्यत्र ढूँढ़ने जाना पड़ा।

पर मैं अनभ्यस्त था। तीस वर्ष से अधिक हो गए थे कि मैं केवल अपने-आपसे ही प्रेम करता रहा था। इस आदत को छुड़ाने की क्या सम्भावना हो सकती थी? मैं नहीं ही छोड़ पाया और प्रेम-व्यापार में खिलवाड़ करता रहा। वादे मैंने दुगुने-चौगुने कर दिए। जिस प्रकार पहले

एक साथ कई प्रेमिकाएँ रहती थीं, उसी प्रकार अब एक साथ कई प्रेम-सम्बन्ध हो गए। इस प्रकार दूसरों के लिए अब-मैंने कहीं ज़्यादा मुसीबतें इकट्ठा कर दीं, बनिस्बत अपनी उस शानदार उदासीनता के समय के। मैंने आपको बताया कि मेरे तोते ने दुख से घबराकर भूख से जान दे देने की सोची। भाग्यवश मैं समय से पहुँच गया और तब तक उसका हाथ पकड़कर बैठने के लिए तैयार हो गया, जब तक वह इंजीनियर, जिसके कनपटी के बाल सफ़ेद हो चले थे और जिसके बारे में उसने अपने मनपसन्द साप्ताहिक में पढ़ रखा था, बाली की यात्रा से वापस न लौट आए। जो भी हो, यह होने के बजाय कि प्रेम में पड़कर मैं इतना उठ जाऊँ कि काम की अनन्तता में विलीन हो जाऊँ, जैसी कि लोकोक्ति है, मैं अपने अपराधों के भार में, और सद्‌गुणों की राह से पथभ्रष्ट होने में ही, वृद्धि करता रहा। परिणामस्वरूप मैं प्रेम की भावना से इतनी घृणा करने लगा कि सालों तक मैं प्रसिद्ध प्रेम-गीतों 'ला वी आँ रोज़' और 'लीबेस्टोड' को सुनकर दाँत पीसे बिना नहीं रह पाता था। अत: मैंने औरतों का एक तरह त्याग करने की चेष्टा की और ब्रह्मचर्य का पालन करने की। आख़िर उनकी मित्रता-मात्र से भी मुझे सन्तोष मिलना चाहिए था। पर यह तो जुआ छोड़ने के बराबर था। वासना के न होते हुए औरतों से मुझे आशातीत ऊब लगी और स्पष्टत: मैंने भी उन्हें उबाया। जुआ नहीं और नाट्यशाला नहीं—शायद मैं सत्य के क्षेत्र में पहुँच गया था, पर सत्य, मेरे दोस्त, एक भयंकर ऊब है।

प्रेम और ब्रह्मचर्य से निराश होकर मैंने अपने मन से कहा कि विलासिता के अतिरिक्त और कुछ नहीं बचा है, जो प्रेम का स्थान ले सकती है, हँसी को दबा देती है, और शान्ति को फिर वापस ला देती है,

सर्वोपरि अमरता प्रदान कर सकती है। निर्मल उन्माद के एक विशिष्ट स्तर पर पहुँचकर, देर रात बीते, दो वेश्याओं के बीच पड़े हुए, कामना से सर्वथा रिक्त आशा उत्पीड़न नहीं रह जाती; बुद्धि पूरे अतीत पर छा जाती है और जीवित रहने की व्यथा सदा-सर्वदा के लिए तिरोहित हो जाती है। एक तरह मैं हमेशा विलासिता में डूबा रहा था; अमर होने की इच्छा का मेरे मन में कभी अन्त न हुआ था। क्या यही मेरे स्वभाव की कुंजी नहीं थी, और उस आत्म-रति का परिणाम, जो मैं आपको बता चुका हूँ? हाँ, मैं अमरता की आकांक्षा के मारे मरा जा रहा था। मुझे स्वयं अपने से इतना अधिक अनुराग था कि यह तो मैं चाहता ही था कि मेरा अमूल्य प्रेम-पात्र कभी अन्तर्धान न हो। क्योंकि जागने की स्थिति में और कुछ आत्म-बोध के फलस्वरूप इसका कोई कारण नहीं दीखता कि किसी कामुक बन्दर को अमरता क्यों प्रदान की जाए, इसलिए अमरता के बदले आदमी को कुछ-न-कुछ प्राप्त करना ही पड़ता है। क्योंकि मैं अमर जीवन की आकांक्षा करता था, मैं वेश्याओं के साथ सोया और शराब पीने में रातें गुज़ार दीं। सुबह ज़रूर मेरा मुँह नश्वरता के कड़वे स्वाद से भर जाया करता था; पर रह तो चुका था घंटों आनन्द में मग्न। क्या मैं आपके सामने स्वीकार करने का साहस करूँ? मैं अब भी प्यार से कुछ रातों की याद करता हूँ, जब मैं एक निकृष्ट नाइट-क्लब में वहाँ की एक नाचनेवाली औरत से मिलने जाया करता था, और वह मुझे अपनी कृपा से सम्मानित करती थी; और उसके पीछे मैंने एक शाम एक डींग हाँकनेवाले दढ़ियल से झगड़ा भी किया था। हर रात मैं शराबख़ाने में अकड़कर घूमता था, उस पार्थिव स्वर्ग की लाल बत्ती और धूल में—बेहद झूठ बोलता हुआ और ख़ूब शराब पीता हुआ। मैं

उषा की प्रतीक्षा करता था और तब अन्त में अपनी रानी के अस्त-व्यस्त बिस्तर पर जा पहुँचता था, जो यंत्रवत् केलि-क्रिया सम्पन्न करके और फिर बिना किसी संक्रमण की स्थिति से गुज़रे हुए सो जाती थी। दिन चुपके-से आकर इस दुर्घटना पर प्रकाश डाल देता था, और मैं उठकर आभा-मंडित उष:प्रकाश में निश्चल खड़ा हो जाता था।

मदिरा और नारी, मैं मानता हूँ, ये ही दोनों मुझे वह सांत्वना प्रदान करती थीं, जिसके योग्य मैं था। मैं यह रहस्य आपके सामने उद्‌घाटित कर रहा हूँ मेरे दोस्त, इसका उपयोग करने से आप डरें नहीं। तब आप देखेंगे कि सच्ची विलासिता मुक्तिप्रद है, क्योंकि वह विलासी पर कर्तव्यों का कोई भार नहीं डालती। उसमें डूबकर आपका स्वत्व अपने तक ही रहता है, इसलिए स्वयं को प्यार करनेवाले महान प्रेमियों का यही प्रिय आमोद हो सकता है। यह तो अतीत और भविष्यरहित एक अरण्य है, जिसमें कोई वादे नहीं, कोई तात्कालिक दंड नहीं। जहाँ इसका उपभोग किया जाता है, वे स्थल संसार से पृथक् हैं। प्रवेश करने पर आदमी आशा और भय को पीछे छोड़ देता है। जहाँ वार्तालाप की आवश्यकता नहीं, जिसे पाने के लिए आप वहाँ जाते हैं। वह शब्दों के बिना भी मिल सकता है और अकसर तो रुपये के बिना भी। ओह, मुझे अनुमति दें आप, जिन अशान्त और विस्मृत स्त्रियों ने उस समय मेरी सहायता की थी, उन्हें श्रद्धांजलि अर्पित करने की! आज भी मेरे मन में उनकी स्मृति में आदर की तरह का ही कोई भाव सन्निहित है।

जो भी हो, उस मुक्ति-भाव का मैंने पूरा-पूरा लाभ उठाया, यहाँ तक कि मैं पाप को समर्पित एक होटल में भी देखा गया; एक ही समय में एक प्रौढ़ा वेश्या और उच्चतम समाज की एक अविवाहित युवती के

साथ रहता हुआ। पहली के साथ तो मैंने रसिया होने का नाटक किया, और दूसरी को जीवन के कुछ तथ्य जानने का अवसर दिया। अभाग्यवश वेश्या की बिलकुल मध्यवर्गीय मनोवृत्ति थी; बाद में उसने आत्मकथाओं वाले एक पत्र के लिए, जिसमें आधुनिक विचारों के लिए रास्ता खुला था, अपने संस्मरण लिखना स्वीकार कर लिया। मुझे इसका भी कुछ कम अभिमान नहीं है कि उस समय मैं बराबरी की हैसियत से एक ऐसे पुरुष-समाज में प्रवेश पा सका, जिसकी अकसर भर्त्सना की जाती है। पर मैं इस पर ज़ोर नहीं दूँगा। आप जानते ही हैं कि बहुत बुद्धिमान व्यक्ति भी इसमें अपना गौरव समझते हैं कि पास बैठे व्यक्ति से एक बोतल ज़्यादा पी सकें। शायद अन्त में मुझे सुखमय विलासिता में शान्ति और मुक्ति प्राप्त हो जाती। पर वहाँ भी मुझे अपने ही अन्दर एक बाधक कारण मिला। इस बार वह था मेरा कलेजा, और एक ऐसा भयंकर अवसाद जिसने अभी तक मुझे नहीं छोड़ा है। आदमी अमरता का खेल खेलता है, पर कुछ हफ़्तों बाद उसे यह भी पता नहीं रहता कि अगले दिन तक भी टँगा रह सकेगा या नहीं।

उस अनुभव का एकमात्र लाभ यह हुआ, जब मैं रात्रि के अपने आमोद छोड़ चुका था कि जीवन मेरे लिए अपेक्षाकृत कम कष्टदायी हो गया। जो अवसाद मेरे शरीर को कचोट रहा था, उसने एक साथ अनेक कच्चे घाव बहा दिए। हर एक अति मनुष्य की शक्ति को कम कर देती है, और इसीलिए व्यथा को भी। विलासिता का कोई उद्वेग नहीं होता—जैसा कि समझा जाता है उसके विपरीत। विलासिता सिर्फ़ एक लम्बी नींद है। आपने देखा होगा कि जो लोग वास्तव में सन्देह से जलते हैं, उनकी सबसे तीव्र इच्छा इसकी ही रहती है कि उस औरत

के साथ सोएँ, जिसके बारे में वे जानते हैं कि उसने विश्वासघात किया है। बिला शक वे एक बार फिर अपने-आपको इसका विश्वास दिलाना चाहते हैं कि उनकी प्रिय सम्पदा अब भी उन्हीं की है। जैसा कहा जाता है, वे उस पर अधिकार पाना चाहते हैं, पर साथ ही यह भी है कि उसके तत्काल अनन्तर उनके दिल की जलन कम हो जाती है। शारीरिक विद्वेष कल्पनाप्रसूत तथ्य है, और साथ ही आत्म-निरपेक्ष भी। अपने प्रतिद्वन्द्वी पर आदमी वे नीच विचार आरोपित कर देता है, जो उन परिस्थितियों में उसके अपने मन में रह चुके हैं। भाग्यवश ऐन्द्रिक तृप्ति की अति, कल्पना और निर्णय-शक्ति दोनों को क्षीण कर देती है। वेदना तब तक सुषुप्त रहती है, जब तक पुंसत्व। इन्हीं कारणों से नवयुवक अपनी आध्यात्मिक अशान्ति पहली प्रेमिका के साथ खो देते हैं; और कुछ विवाह-सम्बन्ध, जो केवल वैध व्यभिचार हैं, दुस्साहस और काल्पनिक निर्माण की अर्थी बनकर रह जाते हैं। हाँ, मेरे दोस्त, बुर्जुआ विवाह-सम्बन्ध ने हमारे देश को स्लीपर पहनाकर तैयार कर दिया है, और-शीघ्र ही उसे मौत के दरवाज़े तक पहुँचा देगा।

मैं अतिशयोक्ति कर रहा हूँ? नहीं, पर विषयान्तर अवश्य कर रहा हूँ। मैं तो केवल यह बताना चाहता था कि मैंने उन महीनों की घोर विलासिता से क्या लाभ उठाया। मैं एक प्रकार के कुहासे में रह रहा था, जिसमें वह हँसी इतनी दब गई थी कि अन्त में मुझे उसका बोध होना ही बन्द हो गया था। जो उदासीनता पहले ही मेरे अन्तर में भर चुकी थी, उसे अब कोई प्रतिरोध नहीं मिलता था, उसने अपना कारक प्रभाव विस्तृत कर दिया। अब कोई संवेग नहीं। एक सन्तुलित भाव या कहें कि भाव ही नहीं। क्षयग्रस्त फेफड़े सुखाने से रोग मुक्त किए जाते हैं, और

धीरे-धीरे अपने प्रसन्न स्वामी को ही घोट डालते हैं। मेरे साथ भी यही हुआ। मैं शान्तिपूर्वक अपनी ही औषध से मर गया। मैं अब भी अपने व्यवसाय से जीविका-निर्वाह कर रहा था, पर मेरे नाम पर, भाषा की मेरी उड़ानों के कारण गहरा धक्का लगा था, मेरे जीवन की अस्त-व्यस्तता से व्यवसाय को क्षति पहुँचती थी। पर यह ध्यान देने योग्य बात है कि मुझे अपने शब्दों की उग्रता के कारण अपने नैश आचरण की अति की अपेक्षा अधिक विरोध मिला? अपने भाषणों के दौरान न्यायाधीश के सामने मेरा ईश्वर का नाम लेना, जो कि मात्र शब्दप्रयोग ही था, मेरे मुवक्किलों के मन में मेरे प्रति सन्देह पैदा कर देता था। उन्हें शायद यह शंका हो जाती थी कि परमात्मा उनके हितों की रक्षा उतनी अच्छी तरह नहीं कर सकता था, जितना कि न्यायशास्त्र में अजेय वकील। वहाँ से इस निष्कर्ष पर पहुँचना सिर्फ़ एक क़दम आगे बढ़ाना था कि मैं अपनी अनभिज्ञता के अनुपात में ही परमात्मा की दुहाई देता हूँ। मेरे मुवक्किलों ने वह क़दम बढ़ाया और विरल हो गए। कभी-कदा मैं किसी मुक़दमे में बहस करने चला जाता था। कभी-कभी यह भी होता था कि इस बात को भूलकर कि मैं जो कह रहा हूँ उसमें मुझे विश्वास नहीं है, मैं अच्छी पैरवी भी कर देता था। मेरी अपनी वाणी नेतृत्व करती थी और मैं उसका अनुसरण। मैं पहले की तरह उड़ानें तो नहीं भरता था, पर कम-से-कम भूमि तो छोड़ ही देता धा और कुछ उछल-कूद कर लेता था। अपने व्यवसाय के बाहर मैं बहुत कम लोगों से मिलता था, और बड़े ही कष्टपूर्वक मैंने दो-एक अवसन्न प्रेम-सम्बन्धों को जीवित रखा। यह भी हुआ कि दो-एक शामें मैंने शुद्ध मैत्रीपूर्ण वातावरण में बिताईं, जिसमें वासना का कोई अंश भी न था, पर इस अन्तर के साथ कि ऊब के आगे आत्मसमर्पण करके मैं

जो कहा जाता था, उसे सुनता ही न था। मैं कुछ मोटा हुआ और, तब मुझे यह विश्वास होने लगा कि संकट पार हो गया है। अब कुछ भी नहीं रह गया था, सिवाय इसके कि उम्र बढ़ती जाए।

पर एक दिन, समुद्र की सैर करते हुए, जहाँ मैं अपनी एक महिला मित्र को घुमाने ले गया था, उसे बिना यह बताए हुए कि अपनी रोग-मुक्ति की ख़ुशी मना रहा हूँ, मैं एक बड़े जहाज़ पर था, ऊपरवाले डेक पर। सहसा दूर पर एक काला-सा धब्बा इस्पाती महासागर में दिखाई पड़ा। मैंने एकदम मुँह फेर लिया और मेरा दिल ज़ोर-ज़ोर से धड़कने लगा। जब मैंने फिर बलपूर्वक अपना मुँह उधर किया तो देखा कि वह काला धब्बा नहीं था। मैं चिल्लाने को ही था, मूर्खों की तरह सहायता के लिए पुकारने को था, तभी मुझे वह फिर दिखाई पड़ा। वह उस कबाड़ का एक टुकड़ा था, जो अकसर जहाज़ समुद्र में छोड़ दिया करते हैं। पर मैं उसे देखते रहना सह नहीं पाया था, क्योंकि तुरन्त मेरा ध्यान एक डूबते हुए व्यक्ति की तरफ़ गया था। तब मैंने सुस्थिर चित्त से यह समझा, उसी तरह जैसे आप किसी विचार को स्वीकार कर लेते हैं, जिसकी सत्यता के बारे में बहुत पहले से जान चुके होते हैं कि वह पुकार जो सालों पहले सेन नदी पर से मेरे कानों में पड़ी थी, कभी मौन नहीं रही; नदी ने उसे सागर तक पहुँचा दिया था—संसार-भर में घूमते रहने के लिए, सागर के अनन्त विस्तार-पर्यन्त; और उसने उस दिन तक वहाँ मेरा इन्तज़ार किया था, जिस दिन फिर मेरा उससे साक्षात् हुआ। साथ ही मैंने यह भी जाना कि वह पुकार नदियों में और सागर में, हर जगह मेरा इन्तज़ार करती रहेगी—जहाँ-जहाँ मेरे संस्कार का अपवित्र जल पहुँचेगा। और हाँ, यहाँ भी क्या हम पानी पर ही नहीं हैं? इस सपाट, एक-से, अन्तहीन जल

पर, जिसकी सीमाएँ पृथ्वी से अलग पहचानी नहीं जातीं? क्या विश्वास होता है कि हम लोग कभी भी एम्स्टरडम पहुँच सकेंगे? पुनीत जल के इस विशाल पात्र से हम लोग कभी बाहर नहीं निकल सकेंगे। सुनिए, सुनिए! आपको क्या अदृश्य जल-पक्षियों के स्वर नहीं सुनाई पड़ते? यदि वे हमारी ही दिशा में पुकार रहे हैं तो क्यों, किसके हेतु?

ये वही जल-पक्षी हैं, जो अटलांटिक महासागर पर उस दिन पुकार रहे थे जिस दिन मैंने हमेशा के लिए यह जाना कि मुझे रोग-मुक्ति नहीं मिली, कि मैं अब भी जाल में फँसा हुआ हूँ, और जैसे बन पड़े वैसे ही निभाना है। शानदार जीवन का अन्त हुआ, साथ ही उद्वेगों और अतिरेकों का भी। मुझे घुटने टेक देने पड़े, और अपना अपराध स्वीकार करना पड़ा। मुझे काल-कोठरी में रहना पड़ा। निश्चय ही आप उस काल-कोठरी से परिचित नहीं हैं, जिसे मध्य-युग में 'लिटिल ईज़' कहा जाता था। ज़्यादातर यह होता था कि उसमें पड़े आदमी को जीवन-भर के लिए भुला दिया जाता था। अन्य काल-कोठरियों में और उसमें अन्तर उसके विलक्षण आयाम का था। वह इतनी ऊँची नहीं होती थी कि कोई उसमें खड़ा हो सके और न इतनी चौड़ी कि उसमें लेट सके। आदमी को विचित्र आकार बनाकर तिरछे-तिरछे ज़िन्दा रहना पड़ता था। सोने का मतलब था ढेर होकर पड़े रहना और जागने का उकड़ूँ बैठे रहना। मेरे प्यारे दोस्त, इस सीधी-सी कारीगरी में विलक्षण प्रतिभा थी—और यह समझ लीजिए आप कि मैं अपने शब्द तौलकर इस्तेमाल कर रहा हूँ। हर रोज़ अपनी उस कभी न ढीली पड़नेवाली सिकुड़न द्वारा, जिससे उसका शरीर ऐंठता ही जाता था, अपराधी को यह ज्ञापित होता रहता था कि वह दोषी है; और निर्दोषिता आह्लादमय प्रसार में निहित है। आप शिखरों और ऊपरी

डेक पर विचरण करनेवाले व्यक्ति की उस काल-कोठरी में कल्पना कर सकते हैं? क्या? आदमी उस काल-कोठरी में रहता हुआ भी निर्दोष हो? इसकी सम्भावना नहीं। बिलकुल नहीं। नहीं तो मेरा तर्क ही ढेर हो जाएगा कि निर्दोषिता को इस स्थिति में पहुँचा दिया जाए कि वह कुबड़ी होकर रहे; मैं इस परिकल्पना को एक क्षण के लिए भी स्वीकार करने को तैयार नहीं। इसके अतिरिक्त हम किसी की भी निर्दोषिता का दावा नहीं कर सकते हैं, यद्यपि निश्चय के साथ हरएक के दोष की घोषणा अवश्य कर सकते हैं। प्रत्येक व्यक्ति दूसरों के पापों का साक्षी हों जाता है—यही मेरी आस्था है और यही मेरी आशा।

सच मानिए आप, धर्म उसी समय गुमराह हो जाते हैं, जब वे आदेशों की उद्घोषणा करने लगते हैं, और उनका उपदेश देने लगते हैं। पाप का सृजन करने या दंड देने के लिए ईश्वर की आवश्यकता नहीं। हमारे सहचर मानव ही इसके लिए काफ़ी हैं, हमारी सहायता के साथ। आप कयामत की बात कर रहे थे। मुझे अनुमति दें कि मैं सादर इस पर हँसूँ। मैं उसके लिए दृढ़ होकर इन्तज़ार करूँगा; क्योंकि मुझे उससे ज़्यादा बुरी चीज़ का स्वाद मिल चुका है—मनुष्यों के निर्णय का। उनके लिए कोई परिस्थिति अपराध की गुरुता घटाती नहीं, यहाँ तक कि सत्प्रेरणा भी अपराध ठहराई जाती है। आपने कम-से-कम थूकनेवाले बन्दीगृह की बात तो सुनी ही होगी! इसका निर्माण एक जाति ने हाल ही में किया था, यह सिद्ध करने के लिए कि वह पृथ्वी पर श्रेष्ठतम जाति है। चारों तरफ़ दीवारों से घिरा एक बक्सा, जिसमें क़ैदी बिना हिले-डुले खड़ा रह सकता है। सीमेंट के उस कोष्ठ में जो ठोस दरवाज़ा उसे बन्द करता है, वह ठोढ़ी की ऊँचाई तक का होता है। इसलिए सिर्फ़ उसका

मुँह दीखता रहता है, और उधर से निकलते हुए हर जेलर मुँह भर के उसके ऊपर थूकता जाता है। क़ैदी चारों तरफ़ से घिरा हुआ अपना मुँह पोंछ नहीं सकता—हालाँकि उसे अपनी आँखें बन्द कर लेने की इजाज़त रहती है। यह, मेरे दोस्त, मानव की सर्जना है। इस श्रेष्ठ कृति के लिए उसे ईश्वर की आवश्यकता नहीं पड़ी।

सो क्या? ईश्वर का एकमात्र उपयोग होगा निर्दोषिता की प्रतिभूति करना; और मैं धर्म को इस दृष्टि से देखना हूँ, जैसे वह धुलाई का एक महान कारख़ाना हो। कुछ दिनों के लिए था भी—केवल तीन वर्ष के लिए। तब उसे धर्म कहकर नहीं पुकारा गया था। तब से साबुन की कमी हो गई है, हमारे चेहरे गन्दे हैं और हम एक-दूसरे की नाक पोंछते रहते हैं। सब मूढ़ हैं, सब दंडित; आइए हम सब एक-दूसरे के ऊपर थूकें और जल्दी करें 'लिटिल ईज़' की काल-कोठरी में पहुँचने की! हर आदमी की चेष्टा रहती है कि सबसे पहले थूक सके, बस। मैं आपको एक बड़ा रहस्य बताता हूँ, मेरे प्यारे दोस्त! कयामत का इन्तज़ार मत कीजिए। वह तो हर रोज़ आती रहती है।

नहीं, कोई बात नहीं। इस वाहियात उमस की वजह से मैं कुछ काँप रहा हूँ। हम तट पर पहुँचने वाले हैं, लीजिए, आ गए। पहले आप। पर ज़रा देर रुकिए, मेरी प्रार्थना है, और घर तक मेरे साथ पैदल चलिए। मुझे और बहुत कहने को है। जारी रखना ही तो मुश्किल होता है। कहिए, आप जानते हैं उसे, जिसके बारे में शायद इस क्षण आप सोच रहे हैं कि उसे सलीब पर क्यों चढ़ाया गया था? उसके अनेक-अनेक कारण थे। किसी भी व्यक्ति की हत्या के सदा अनेक कारण रहते हैं। उसके विपरीत, उसके जीवित रहने का औचित्य प्रमाणित करना असम्भव है। इसीलिए

पाप को पैरोकार तो हमेशा मिल जाते हैं, पर निर्दोषिता को कभी-कभी ही। लेकिन उन कारणों के अलावा, जो हमें पिछले दो हज़ार वर्ष से समझाए जाते रहे हैं, उस भीषण यंत्रणा का एक प्रधान कारण और भी था। मालूम नहीं क्यों—उसे इतनी सावधानी से छिपाया गया है। असली कारण यह है कि वह जानता था कि वह पूर्णतया निर्दोष नहीं है। जिस अपराध के लिए वह दोषी ठहराया गया था, अगर उसका भार उस पर नहीं था तो भी उसने और दूसरे अपराध तो किए ही थे—चाहे उसे मालूम भी न रहा हो कि कौन-से। क्या सच में वह नहीं जानता था? आख़िर वही तो मूल में था। उसने निर्दोषों की कम-से-कम एक हत्या के बारे में सुना ही होगा—जूडिया के बच्चे की हत्या, उस समय जबकि उसके माँ-बाप उसे सुरक्षित स्थान को ले जा रहे थे। वे बच्चे उसकी वजह से नहीं मरे तो क्यों मरे? वे ख़ून से सने सिपाही, वे दो टुकड़ों में काटे गए शिशु। पर मान लें कि वह वैसे ही था, जैसा कि हम समझते हैं, तो मुझे विश्वास है कि वह उन्हें भुला नहीं सकता था। और रही उस उदासी की बात, जो उसके हर काम में दीखती थी, क्या वह उस व्यक्ति का अनिवार्य विषाद नहीं था, जिसे हर रात रेशल की आवाज़ अपने बच्चों के लिए रोती हुई और हर प्रकार की सांत्वना अस्वीकार करती हुई सुनाई पड़ती थी? वह हाहाकार रात को चीर देता था; रेशल अपने बच्चों को पुकारती थी, जो उसकी वजह से मारे गए थे, और वह स्वयं जीवित थी।

उस सबको जानते हुए, जिसको वह जानता था, मनुष्य की हर बात से परिचित—आह, कौन यह विश्वास करता है कि दूसरों को मरने देना ख़ुद न मरने की अपेक्षा स्वल्पतर अपराध है!...दिन-रात इस निर्दोष अपराध का सामना करते हुए उसके लिए धैर्य से चलते रहना कठिन

हो गया। बेहतर था कि इस दशा का अन्त कर दे—प्रतिवाद न करे, मर जाए ताकि वही अकेले जीवित रहनेवाला न बचे, कहीं और चला जाए जहाँ शायद उसे मान्यता प्राप्त हो सके। उसका समर्थन नहीं किया गया, उसने शिकायत की, और आख़िरी चीज़ यह हुई कि उसे दोषी ठहराया गया। हाँ, मैं सोचता हूँ शायद वह तीसरा इवेंजलिस्ट था, जिसने उसकी शिकायत को पहले-पहल दबाया था। 'तूने क्यों मेरा साथ छोड़ दिया है?'—यह विद्रोह का स्वर था, था न? 'तो चलाओ कैंची?' आप इतना समझ लीजिए कि ल्यूक ने अगर कुछ दबाया न होता तो शायद किसी का उधर ध्यान भी न जाता; ख़ैर जो भी हो, उसका इतना महत्त्व तो न ही होता। इसी तरह नियंत्रक जिसे वर्जित करता है, उसी का स्वयं पुकार-पुकारकर विज्ञापन करता है। संसार की व्यवस्था भी इसी तरह व्यर्थक है।

कुछ भी हो निर्णीत अपराधी के लिए चलते रहना असम्भव हो गया। और मैं जानता हूँ दोस्त कि मैं कह क्या रहा हूँ। एक समय था, जब मुझे किसी क्षण ज़रा भी पता न होता था कि मैं दूसरे तक कैसे पहुँचूँगा। हाँ, आदमी इस संसार में युद्ध छेड़ सकता है, प्रेम का स्वाँग कर सकता है, अपने सह-मानव को यातना दे सकता है, और केवल बुनाई की सलाई चलाते-चलाते पड़ोसी की निन्दा कर सकता है; किन्हीं दशाओं में चलते रहना, सिर्फ़ चलते रहना ही एक अति-मानवीय कार्य हो जाता है। और वह अतिमानव नहीं था, आप मेरी बात मानें। उसने अपनी यंत्रणा पुकारकर बताई और इसीलिए मैं उसे प्यांर करता हूँ मेरे मित्र, उसे जो बिना जाने ही मर गया।

दुर्भाग्य यह है कि वह हमें अकेला छोड़ गया, चलते रहने के लिए, कुछ भी होता हो, चलते रहने के लिए, तब भी जब हम 'लिटिल

ईज़' की काल-कोठरी में गिरफ़्तार हों—अपनी तरफ़ से वह सब जानते हुए, जो उसे मालूम था, पर उसने जो किया, उसे करने में अयोग्य और उसकी तरह मरने में असमर्थ। स्वाभाविक था कि लोगों ने उसकी मृत्यु से कुछ सम्बल पाने की चेष्टा की। आख़िर हमसे यह कहना तो एक विलक्षण बुद्धिमत्ता की बात थी कि 'इतना तो निश्चय है कि देखने में तुम सुन्दर नहीं हो! ख़ैर हम इसमें अधिक न जाएँगे। सब कुछ एक बार ही सलीब पर समाप्त कर देंगे!' पर अब तो बहुत ज़्यादा लोग सलीब पर चढ़ने लगे हैं ताकि दूर-दूर से देखे जा सकें—चाहे यह भी हो कि जो वहाँ इतनी देर से है, उसे कुछ रौंदना ही पड़े। बहुत ज़्यादा लोगों ने यह निश्चय किया है कि बिना उदारता के काम चलाएँगे ताकि दानशील हो सकें। आह, कितना अन्याय, कितना घोर अन्याय उसके साथ किया गया है! दिल पर चोट लगती है।

ओफ़, कितनी आसानी से आदमी अपनी लीक पर लौट जाता है—मैं तो बिलकुल कचहरी में भाषण देने के क़रीब पहुँच गया। मुझे क्षमा करें और समझ लें कि इसके पीछे कारण हैं। यहाँ से दो-चार मोड़ आगे एक संग्रहालय है, जिसका नाम है 'अटारी में हमारे प्रभु।' उस समय उस अटारी में क़ब्रें थीं; क्योंकि यहाँ के तहख़ानों में पानी भरा रहता है। पर आज—आप निश्चिन्त रहें—उनके प्रभु न अटारी में हैं और न तहख़ाने में। उन्होंने उन्हें उठाकर निर्णायक की कुरसी पर बिठा दिया है, अपने मन के अन्तराल में, और वे आघात करते हैं। सबसे बड़ी बात तो यह कि वे निर्णय करते हैं, उनके नाम पर। उन्होंने मृदुता से स्वैरिणी से कहा था, "और मैं तुझे भी दोष नहीं देता!" पर उससे क्या, वे तो किसी को नहीं छोड़ते, सबको दोषी ठहराते हैं, "प्रभु के नाम पर, यह लो, जो

तुम्हें मिलना चाहिए।" प्रभु? उन्होंने, मेरे दोस्त, इतने की आशा नहीं की थी। वे तो केवल चाहते थे कि लोग उन्हें प्यार करें, बस और कुछ नहीं। बेशक हैं ऐसे लोग, जो उन्हें प्यार करते हैं, ईसाइयों में भी हैं। पर उनकी संख्या बहुत नहीं है। उन्होंने तो यह भी जान लिया था; उनमें हँस लेने की क्षमता थी। पीटर, जानते हैं आप, उस कायर, उस पीटर ने उन्हें अस्वीकार किया, "मैं नहीं जानता इस व्यक्ति को...मैं नहीं जानता तुम क्या कर रहे हो..." आदि-आदि। सचमुच वह सीमा को पार कर गया था। और मेरे वे मित्र शब्दों से खेलते हैं, "तुम पीटर हो और इसी शिला पर मैं अपना गिरजाघर बनाऊँगा।" व्यंग्य इससे आगे नहीं जा सकता था, नहीं सोचते आप? पर नहीं, विजय उन्हीं की होती है। "सुनिए, उन्होंने कहा था...।" उन्होंने कहा था, निश्चय ही उन्हें प्रश्न की पूरी जानकारी थी। और फिर वह हमेशा के लिए चले गए, उन्हें छोड़ गए निर्णय और निन्दा करने के लिए, होंठों पर क्षमा और मन में दंड के भाव लिये हुए।

यह नहीं कहा जा सकता है कि करुणा शेष नहीं है; अरे नहीं, हम उसकी बात करते थकते नहीं। बस इतना ही है कि किसी को भी निर्दोष नहीं माना जाता है। निर्दोषिता के शव के ऊपर निर्णायक मँडराते हैं, हर प्रकार के निर्णायक, प्रभु के नाम पर निर्णय करनेवाले और प्रभु को न माननेवाले—जो वास्तव में एक-से ही हैं, 'लिटिल ईज़' की काल-कोठरी में पहुँचकर घुल-मिल जाते हैं। क्योंकि सारा दोष आस्थावानों के मत्थे नहीं मढ़ देना चाहिए, दूसरे भी इसमें शामिल हैं। आप जानते हैं, इस शहर में एक मकान की, जिसमें डेकाई रहा था, क्या गति हुई? पागलख़ाना बन गया है वह। हाँ, यह सामान्य प्रलाप है और उत्पीड़न। हम भी स्वाभाविक ही है कि वहीं पहुँचने पर बाध्य हों। आपने तो यह देख ही लिया है कि

मैं कुछ छोड़ता नहीं और रही आपकी, सो मैं जानता हूँ कि आप मेरी ही तरह सोचते हैं। अतः, क्योंकि हम सब निर्णायक हैं, इसलिए हम सब एक-दूसरे के सामने दोषी हैं; अपने ओछे ढंग से सब मसीहा हैं, एक के बाद एक सलीब पर लटकाए हुए और हमेशा बिना जाने हुए कि क्यों। और सलीब पर तो हमें होना ही था, अगर मैं क्लेमेंस, मैं एक राह न ढूँढ़ निकालता, एकमात्र हल, सत्य अन्तः...

नहीं, मैं रुक रहा हूँ, मेरे दोस्त; डरिए नहीं। इसके अलावा मैं आपका साथ छोड़नेवाला हूँ, क्योंकि मेरे दरवाज़े पर पहुँच गए हैं हम। अकेलेपन में और अवसाद के क्षणों में आदमी की प्रवृत्ति अपने को पैगम्बर समझने की हो जाती है। सब कुछ कह चुकने के बाद वही तो मैं हूँ भी, पत्थरों में, कोहरे के और स्थावर जेल के रेगिस्तान में शरण लिये हुए—बुरे दिनों के लिए एक खोखला पैगम्बर, मसीहा के बग़ैर एलाइजा, बुख़ार और शराब से भरा हुआ, फफूँदा लगे हुए इस दरवाज़े पर पीठ टेके, घिरे हुए आकाश की ओर उँगली उठाए, उन संस्कारविहीन व्यक्तियों पर अभिशापों की बौछार करता हुआ, जो निर्णय सहन नहीं कर पाते हैं—क्योंकि वे नहीं सहन कर पाते हैं, परमप्रिय मित्र, और यही तो सारा प्रश्न है। जो किसी विधि में आस्था रखता है, वह उस निर्णय से घबराता नहीं, जो उसे उसके समुचित स्थान पर रख देता है, ऐसी व्यवस्था के अन्तर्गत, जिसमें उसका विश्वास है। पर मनुष्य को भीषणतम यातना पहुँचती है बिना किसी विधि के निर्णय पाने से। हम उसी यंत्रणा को भोग रहे हैं। अपनी प्राकृतिक वल्गा के अभाव में हमारे निर्णायक, जो कि खुले छोड़ दिए गए हैं, बेतहाशा अपना काम निपटाते जा रहे हैं। इसलिए हमें उनसे ज़्यादा तेज़ बढ़ना है; है न? और यह

वाक़ई पागलख़ाना है। पैगम्बर और नीम-हकीम संख्या में बढ़ते जाते हैं, वे जल्दी से कोई उत्तम क़ानून या कोई दोषहीन व्यवस्था लेकर वहाँ पहुँचना चाहते हैं, संसार के रिक्त हों जाने के पहले। भाग्यवश मैं आ पहुँचा। मैं हूँ आदि और अन्त; मैं विधि की घोषणा करता हूँ। संक्षेप में, मैं अनुतापी-निर्णायक हूँ।

हाँ-हाँ, मैं कल आपको बताऊँगा कि इस श्रेष्ठ व्यवसाय के अन्तर्गत क्या-क्या है। आप परसों जा रहे हैं, इसलिए हमें जल्दी है। मेरे घर आइएगा, अच्छा! तीन बार घंटी दीजिएगा। आप पेरिस वापस जा रहे हैं? पेरिस बहुत दूर है; पेरिस बहुत सुन्दर है; मैं उसे भूला नहीं हूँ। ऐसे ही मौसम में उसकी गोधूली-वेलाओं की मुझे याद है। रूखी और खड़खड़ाती हुई संध्या, धुएँ से काली पड़ी छतों के ऊपर उतरती है, नगर गड़गड़ाता है, नदी मानो पीछे को बहने लगती है। तब मैं सड़कों पर घूमा करता था। वे अब भी घूमते हैं, मैं जानता हूँ। वे घूमते हैं, श्रान्त भार्या और कड़े अनुशासन से व्यवस्थित घर की ओर तेज़ी से जाने का बहाना करते हुए—आह, मेरे दोस्त, आपको मालूम है, वह जीव कैसा होता है, जो बड़े-बड़े शहरों में अकेला घूमता रहता है?...

मुझे शर्म मालूम होती है कि आप आए हैं और मैं बिस्तर में पड़ा हूँ। कुछ ख़ास नहीं है, थोड़ा-सा बुख़ार है, जिसका इलाज मैं 'जिन' शराब से कर रहा हूँ। मुझे इन दौरों की आदत है। मलेरिया है, मेरी समझ में मुझे तब हो गया था, जब मैं पोप बना था। नहीं, मैं यों ही मज़ाक़ कर रहा हूँ। मैं जानता हूँ आप क्या सोच रहे हैं, मेरी बातों में सत्य और असत्य

को सुलझाकर अलग करना बहुत मुश्किल है। मैं मानता हूँ, आप ठीक ही सोचते हैं। मैं स्वयं...एक व्यक्ति को जानता था, जो मानव-जाति को तीन वर्गों में बाँटा करता था—वे जो यह समझते हैं कि झूठ बोलने पर बाध्य होने की अपेक्षा यह बेहतर है कि छिपाने के लिए कुछ हो ही न; दूसरे वे, जो झूठ बोलना पसन्द करते हैं, इसकी अपेक्षा कि छिपाने को कुछ भी न हो, और अन्त में वे, जो दोनों ही पसन्द करते हैं, झूठ बोलना भी और छिपाकर रखना भी। अब आप ही तय कर लें कि मैं किस वर्ग में शामिल होने योग्य हूँ।

पर मुझे क्या परवाह! क्या असत्य अन्ततोगत्वा सत्य तक नहीं पहुँचाता? और क्या मेरी सारी गाथाएँ, वे सत्य हों या असत्य, एक ही निष्कर्ष की ओर इंगित नहीं करतीं? क्या उन सबका एक ही अर्थ नहीं है? फिर इससे क्या कि वे सत्य हैं या असत्य, यदि दोनों ही स्थितियों में उनका महत्त्व यह बताने में है कि मैं क्या रहा हूँ और क्या हूँ? कभी-कभी सत्यवादी की अपेक्षा असत्यवादी के मन में झाँक लेना ज़्यादा आसान होता है। सत्य, प्रकाश की तरह चौंधिया देता है। इसके विपरीत असत्य, एक सौम्य धुँधलके की तरह है, जो हर चीज़ को उभारकर सामने कर देता है। ख़ैर, आप जैसे चाहें समझें, एक बन्दी-शिविर में मेरा नाम पोप रखा गया था।

बैठ जाइए मेहरबानी से। आप कमरे का परीक्षण कर रहे हैं? बेशक ख़ाली-ख़ाली है, पर साफ़ है। वेरमियर की किसी कलाकृति के समान, फ़र्नीचर और ताम्र-पात्रों से रहित, पुस्तकों से भी रहित; क्योंकि काफ़ी दिन हुए मैंने पढ़ना छोड़ दिया। एक समय था, जब मेरा घर अध-पढ़ी किताबों से भरा रहता था। यह उतनी ही वाहियात चीज़ है, जितनी उनकी

आदत जो 'फोआग्रा' का एक टुकड़ा काट लेते हैं, और बाक़ी फिंकवा देते हैं। जो भी हो, मुझे स्वीकारोक्तियों के अलावा और किसी के लिए रुचि नहीं रही और स्वीकारोक्तियों के लेखक ख़ास इस ध्येय से लिखते हैं कि सच्चा स्वीकरण बचा जाएँ; जो वे जानते हैं, उसके बारे में कुछ न बताएँ। जब वे कष्टप्रद स्वीकरण के समीप पहुँचने का दावा करते हैं तो सावधान होना पड़ता है; क्योंकि तब वे शव का श्रृंगार करने चलते हैं। विश्वास करें आप, मैं ख़ूब जानता हूँ कि मैं क्या कह रहा हूँ! इसलिए मैंने बन्द कर दिया। न कोई किताबें न और कोई बेकार चीज़ें, मात्र आवश्यकता की वस्तुएँ, स्वच्छ और चमकती हुई जैसे ताबूत। इसके अलावा ये डच पलँग, इतने सख़्त, इनकी निष्कलंक चादरें...इनमें तो आदमी वैसे ही मर जाता है, जैसे कफ़न में लपेटा हुआ हो, पावनता का लेप लगाए हुए।

आप यह जानने के लिए उत्सुक हैं कि मैंने पोप बनकर क्या-क्या कारनामे किए थे? कुछ भी असाधारण नहीं था, सच मानिए। क्या मुझमें इतनी शक्ति होगी कि मैं आपको बता सकूँ? हाँ, बुख़ार उतर रहा है। वे सब बहुत पुरानी बातें हैं। अफ़्रीका में किन्हीं मिस्टर रोमेल की कृपा से युद्ध हो रहा था। मैं उसमें फँसा नहीं था, घबराइए नहीं। मैं तो यूरोप के युद्ध से ही बच निकला था। सैनिकीकरण हुआ तो था, पर मैंने कभी लड़ाई नहीं देखी। एक तरह मुझे उसका पछतावा है। शायद वह अनुभव बहुत-सी चीज़ों में परिवर्तन ला देता। फ्रांसीसी सेना को मोर्चे पर मेरी आवश्यकता नहीं थी, उसने तो केवल पीछे हटने में हिस्सा लेने की मुझसे माँग की थी। कुछ दिन बाद मैं पेरिस वापस पहुँच गया, जर्मनों के बीच। मुझे प्रतिरोध-आन्दोलन ने आकर्षित किया, उसके बारे

में लोग लगभग उसी समय चर्चा करने लगे थे, जब मुझे इसका ज्ञान हुआ कि मैं देश-प्रेमी हूँ। आप मुस्करा रहे हैं? आप ग़लती पर हैं। मुझे यह ज्ञान मेट्रो के गलियारों में हुआ था, शैटेले स्टेशन पर। एक कुत्ता गलियारों की भूल-भुलैया में पहुँच गया था। बड़ा-सा, झबरे बालोंवाला, एक कान ऊपर को उठाए, हँसती हुई आँखें लिये, वह आने-जानेवालों की टाँगें सूँघता फुदक रहा था। मुझे बहुत पुराना और बहुत स्थायी प्रेम कुत्तों के लिए रहा है। मैं उन्हें इसलिए पसन्द करता हूँ क्योंकि वे हमेशा क्षमा कर देते हैं। उसे मैंने आवाज़ दी। वह संकोच से ठिठका। स्पष्ट ही मैंने उसे जीत लिया था। मुझसे कुछ गज आगे उत्साहपूर्वक अपनी दुम हिलाता हुआ खड़ा हो गया। तभी एक युवा जर्मन सिपाही तेज़ी से क़दम बढ़ाता हुआ मेरे पास से गुज़रा। कुत्ते के पास पहुँचकर उसने उसके झबरे सिर पर हाथ फेरा। नि:संकोच वह पशु उतने ही उत्साह के साथ क़दम-से-क़दम मिलाता हुआ मेरी आँखों से ओझल हो गया। विद्वेष और तीव्र क्षोभ के जो भाव जर्मन सिपाही के प्रति मेरे मन में उठे, उनसे साफ़ ज़ाहिर हो गया कि मेरी प्रतिक्रिया देस-प्रेम से प्रेरित थी। अगर कुत्ता किसी फ्रांसीसी नागरिक के साथ चला जाता तो मैं ध्यान भी न देता। पर मैंने उस स्नेहशील कुत्ते की, जर्मन सेना के भाग्य-चिह्न के रूप में कल्पना की और उससे मुझे बहुत ज़्यादा क्रोध आया। अत: परीक्षण प्रामाणिक सिद्ध हुआ।

मैं दक्षिण-क्षेत्र पहुँचा, इस उद्देश्य से कि प्रतिरोध-आन्दोलन के बारे में पता लगाऊँगा। पर वहाँ पहुँचकर और पता लगाने पर मैं संकोच कर गया। वह उद्योग मुझे कुछ पागलपन-सा लगा—एक शब्द में कहूँ तो रोमांटिक। मैं सोचता हूँ कि गुप्त कार्य करना न तो मेरे स्वभाव के

ही अनुकूल था और न ऊँचाइयों की मेरी रुचि के। मुझे ऐसा लगा कि मुझसे कहा जा रहा है किसी तहख़ाने में बैठकर करघे पर बुनाई करता रहूँ—रात-दिन लगातार, जब तक कि छिपी जगह से खदेड़ने के लिए कुछ दानव न आ पहुँचें और मेरी बुनाई उधेड़कर मुझे घसीटते हुए दूसरे तहख़ाने में न ले जाएँ, जहाँ मार-मारकर मेरा दम निकाल दें। जो इस रसातली वीरता में भाग ले रहे थे, मैंने उनकी सराहना तो की, पर उनका अनुकरण न कर सका।

फिर मैं समुद्र पार कर उत्तरी अफ्रीका पहुँचा। मन में कुछ अस्पष्ट-सा उद्देश्य लन्दन पहुँचने का था। अफ्रीका में स्थिति साफ़ न थी। दोनों प्रतिरोधी दल समान रूप से मेरी दृष्टि में सच्चे उतरते थे, इसलिए मैं अलग किनारे खड़ा रहा। आपकी चेष्टाओं से मुझे लग रहा है कि आपकी राय में मैं बहुत जल्दी-जल्दी इन बातों को कहे जा रहा हूँ, जिनका कि कुछ महत्त्व हो सकता है। पर यों कहें हम कि आपका सच्चा मूल्यांकन करके ही मैं जल्दी कह रहा हूँ ताकि आप इन बातों पर ज़्यादा ध्यान दें। जो भी हो, मैं ट्यूनिसिया पहुँच गया, जहाँ एक स्नेही मित्र ने मुझे कुछ काम दे दिया। वह मित्र एक बहुत बुद्धिमती महिला थीं, जो फ़िल्म-व्यवसाय से सम्बन्धित थीं। मैं उनके पीछे-पीछे ट्यूनिस पहुँचा, पर उनका असली धन्धा अलजीरिया में मित्र-राष्ट्रों के उतरने के बाद के दिनों तक पता न लगा पाया। उस दिन जर्मनों ने उन्हें क़ैद कर लिया और मुझे भी, बिना किसी उद्देश्य के। मुझे नहीं मालूम उन महिला का क्या हुआ। रही मेरी, सो मुझे कोई हानि नहीं पहुँचाई गई और मैंने काफ़ी परेशानी के बाद जाना कि मुझे क़ैद करना मात्र सुरक्षा के हेतु था। मुझे ट्रिपोली के पास एक शिविर में नज़रबन्द रखा गया था, जहाँ हमने अत्याचार की अपेक्षा

प्यास और दारिद्र्य से ज़्यादा कष्ट पाया। उसका वर्णन मैं नहीं करूँगा। हम जो इस अर्ध-शताब्दी के आत्मज हैं, हमें ऐसे स्थानों की कल्पना करने के लिए किसी ख़ाके की आवश्यकता नहीं पड़ती। सौ वर्ष पहले लोग झीलों और वनों के बारे में भाव-विभोर हो जाते थे। आज बन्दी-कोष्ठ ही हमारी कविता है। इसलिए मैं आप पर ही छोड़ देता दूँ आपको कुछ ही छोटी-मोटी बातें जोड़नी होंगी—गरमी, सिर पर सूरज, मक्खियाँ और पानी का अभाव।

मेरे साथ एक युवा फ्रांसीसी था, जो आस्थावान था। हाँ, बेशक यह परी-कथा-सी है, डुगेक्लाँ की तरह की ही सही। वह युद्ध करने के लिए फ्रांस की सीमा पार कर स्पेन पहुँचा था। वहाँ कैथोलिक जनरल ने उसे नज़रबन्द कर दिया और यह देखकर कि फ्रैंकों के शिविरों में चिक-पीज मछली को ही रोम का आशीर्वाद प्राप्त है, उसे घोर विषाद हो गया। न तो अफ्रीकी आकाश ही, जहाँ वह उसके बाद पहुँचा था, और न शिविर का अवकाश ही, उस विषाद से उसका ध्यान बँटाने में समर्थ हुआ। उसके चिन्तन ने, और सूरज ने भी, उसे कुछ-कुछ विक्षिप्त कर दिया था। एक दिन जब हम डेरे के अन्दर थे, उसमें से मानो पिघला हुआ सीसा चू रहा था। हम दस-ग्यारह आदमी मक्खियों के बीच पड़े हाँफ रहे थे। उसने पोप के विरुद्ध, जिसे वह रोमन कहकर पुकारता था, अपने विषाक्त शब्द-बाण छोड़ना शुरू किया। उसने हमारी तरफ़, अपनी एक हफ़्ते की बढ़ी दाढ़ी के ऊपर से पागलों की तरह घूरकर देखा। कमर तक नंगा बदन, पसीने से तरबतर, अपनी उभरी हुई पसलियों के कुंजी-फ़लक पर उसने उँगलियाँ चलाना शुरू किया। उसने हमारे सामने घोषणा की कि एक नए पोप की आवश्यकता है, जो दीन-हीनों के बीच

रहे, न कि सिंहासन पर बैठकर प्रभु का नाम जपे, और जितनी ही जल्दी यह हो सके, उतना ही अच्छा हो। उसने अपना सिर हिलाते हुए उन्मादभरी नज़रों से घूरा। "हाँ," उसने फिर कहा, "जितनी जल्दी सम्भव हो सके, उतनी जल्दी।" फिर वह सहसा शान्त हों गया और क्षीण स्वर में बोला कि हम पोप के स्थान पर अपने ही बीच में से किसी को चुन लें, उसके सारे अवगुणों और गुणों के साथ एक सम्पूर्ण पुरुष को चुनें और उस पर निष्ठा रखने की शपथ लें, केवल इस शर्त पर कि वह इस बात पर राज़ी हो कि अपने अन्तर में और दूसरों के अन्दर हमारी वेदनाओं की संगति को जीवन्त रखेगा। उसने पूछा, "हममें से किसके अवगुण सबसे अधिक हैं?" मज़ाक़ में मैंने अपना हाथ उठा दिया और केवल मैं ही निकला, जिसने अपना हाथ उठाया था। "ठीक है, जाँ-बैपटिस्ट ही सही।" नहीं, उसने एकदम यह तो नहीं कहा, क्योंकि उन दिनों मेरा नाम दूसरा था। उसने यह घोषणा की कि अपने को नामज़द करना, जिस प्रकार कि मैंने किया था, महानतम गुण की भी पूर्व-कल्पना कर लेना है; और इसलिए उसने मुझे निर्वाचित करने का प्रस्ताव रखा। दूसरों ने भी हँसी में ही मान लिया, पर उनकी हँसी में गम्भीरता का कुछ पुट था अवश्य। सच तो यह है कि डुगेक्लाँ ने हमें प्रभावित किया था। मुझे लगता है कि मैं भी केवल मज़ाक़ ही नहीं कर रहा था। पहली बात तो यह है कि मेरा विचार था कि हमारा यह छोटा-सा पैगम्बर सही कह रहा है; और फिर सूरज की कड़ी धूप, पस्त कर देनेवाला कठोर श्रम, पानी के लिए संघर्ष—हमारी दशा कुछ बहुत अच्छी नहीं थी। जो भी हो, मैंने अपनी धर्माध्यक्षता कई हफ़्तों तक चलाई, निरन्तर बढ़ती हुई गम्भीरता के साथ।

उसमें था क्या-क्या? मैं एक प्रकार का दल-नेता था, या 'सेल'

के मंत्री की तरह। दूसरों की, उनकी भी जिन्हें आस्था नहीं थी, जैसे भी हो, मेरा आदेश पालन करने की आदत पड़ गई। डुगेक्लाँ को वेदना थी। मैंने उस वेदना का उपचार किया। तब मैंने जाना कि मैं जितना आसान समझता था, पोप बनना उतना आसान नहीं है, और कल ही मुझे यह बात याद आई, उस वक़्त जब मैंने अपने भाई निर्णायकों के बारे में इतनी अवहेलना से बातें कीं। शिविर में सबसे बड़ी समस्या थी पानी का बँटवारा करना। दूसरे दल, राजनीतिक या साम्प्रदायिक बन गए थे और हर एक अपने-अपने साथियों के पक्ष में था। परिणामस्वरूप मुझे भी अपने दल के साथ पक्षपात करना पड़ा, शुरुआत इसी रियायत से हुई। अपने दल के भीतर भी मैं पूरी समानता नहीं रख पाता था। अपने साथियों की दशा के, या जो काम उन्हें करना पड़ता था उसके अनुसार कभी एक के साथ कभी दूसरे के साथ रियायत कर देता था। आप विश्वास करें, इस प्रकार के भेदभाव का बहुत दूर तक प्रभाव पड़ता है। पर निश्चय ही मैं थक गया हूँ, और उन दिनों के बारे में अब सोचना नहीं चाहता। इतना ही कह लें कि उस दिन मैं चरम सीमा पर पहुँच गया, जिस दिन मैंने स्वयं एक मरणासन्न साथी के हिस्से का पानी पी लिया। नहीं-नहीं, वह डुगेक्लाँ नहीं था, वह तो तब तक मर चुका था—शायद इसी वजह से कि वह अपने प्रति बहुत कंजूसी बरतता था। इसके अलावा अगर वह होता तो उसके प्रति स्नेह के कारण मैं ज़्यादा देर तक अपने को रोके रहता; क्योंकि मैं उससे स्नेह करता था—हाँ, मैं उससे स्नेह करता था, मुझे लगता तो कम-से-कम ऐसा ही है। पर मैंने पानी पिया, इतना तो निश्चित है, अपने को यह विश्वास दिलाते हुए कि दूसरों को उसकी अपेक्षा मेरी ज़्यादा ज़रूरत है। फिर वह तो किसी भी हालत में मरने ही

जा रहा था और दूसरों के लिए अपने को जिन्दा रखना मेरा कर्तव्य था। इसी प्रकार, प्रिय मित्र, साम्राज्य और सम्प्रदाय मरण-मातंड के अधीन जन्मते हैं और मैंने कल जो कहा था, उसका कुछ शोधन करने के लिए मैं आपको अपना वह महान विचार बताऊँगा, जो यह सब कहते हुए मेरे मन में उठा और जिसके विषय में मुझे अब निश्चय नहीं है कि वह अनुभूति थी या स्वप्न। मेरा महान विचार यह है कि मनुष्य को चाहिए कि पोप को क्षमा कर दे। पहली बात तो यह है कि क्षमा की सबसे अधिक आवश्यकता उसी को है। दूसरे, यही एक तरीक़ा है, उससे ऊपर अपने को स्थापित करने का...

आपने दरवाज़ा ठीक से बन्द कर दिया था? हाँ। ज़रा देख लीजिए मेहरबानी से। माफ़ करें मुझे, मैं चिटकनी-ग्रंथि से पीड़ित हूँ। ठीक आँख लगने के समय मुझे यह नहीं याद रहता कि मैंने चिटकनी लगाई है या नहीं। और हर रात उठकर मुझे देखना पड़ता है। जैसा मैंने आपको बताया है, आदमी को किसी बात का निश्चय नहीं हो सकता। यह मत सोचिएगा कि चिटकनी के बारे में यह परेशानी एक सहमे हुए गृहस्थ की प्रतिक्रिया है। बीते दिनों में मैं न अपना घर बन्द करता था और न अपनी मोटर। मैं अपनी धन-दौलत को ताले में नहीं रखता था; जो मेरा था, उससे मैं चिपका नहीं रहता था। सच तो यह है कि किसी भी चीज़ का स्वामी होने में मुझे शर्म लगती थी। सामान्य बातचीत के दौरान मैं कह उठता था, गम्भीरता से, कि "सम्पत्ति, सज्जनो, हत्या है।" इतना बड़ा दिल न रखने के कारण कि अपनी सम्पत्ति सुपात्र निर्धनों के साथ बाँट लूँ, मैं उसे अन्ततः चोरों के प्रति समर्पित कर देता था, इस आशा से कि अन्याय का संयोग से ही सही, परिशोध कर सकूँ। और आज मैं

किसी चीज़ का स्वामी हूँ भी नहीं। इसलिए मुझे अपनी सुरक्षा का ख़याल नहीं है। मुझे ख़याल अपना है, और अपनी मन:स्थिति का। उतना ही मैं उत्सुक हूँ अपने उस घिरे हुए छोटे-से संसार का पट बन्द कर देने के लिए, जिसका कि मैं राजा हूँ, धर्माध्यक्ष हूँ और निर्णायक हूँ।

ख़ैर, आप कृपा करके क्या उस अलमारी को खोलेंगे? हाँ, देखिए उस चित्र को। आप नहीं पहचानते? यह है 'दि जस्ट जजेज़'। आपको अचम्भा नहीं होता? क्या असम्भव है कि आपकी संस्कृति में कुछ दरारें रह गई हों? पर अगर आप अख़बार पढ़ते रहे होंगे तो आपको याद होगा कि 1934 में गाँ के सेंट-बेवन गिरजाघर से वैन आइक के सुप्रसिद्ध वेदी-चित्र 'दि एडोशन ऑफ़ दि लैंब' के एक भाग की चोरी हो गई थी। उस भाग का नाम था 'दि जस्ट जजेज़'। उसमें निर्णायकों को घोड़ों पर सवार पुनीत पशु की आराधना के हेतु आते हुए चित्रित किया गया था। क्योंकि मूल कृति कभी मिली नहीं, उसके स्थान पर एक उत्तम प्रतिलिपि रख दी गई थी। यह है मूल कृति! नहीं, मेरा उसमें कोई हाथ नहीं था। 'मेक्सिको सिटी' का चक्कर काटनेवाले एक आदमी ने—आपने उस शाम को उसे देखा था—बनमानुष के हाथों, शराब की एक बोतल के लिए, एक रात बहुत पीकर, इसको बेच दिया था। मैंने पहले अपने मित्र को राय दी कि उसे किसी बड़े सम्मान के स्थान पर लटकाए और बहुत दिन तक जब हमारे 'निष्ठावान निर्णायकों' की खोज सारे संसार में मची थी, वे 'मेक्सिको सिटी' में शराबियों और दलालों के ऊपर प्रतिष्ठापित बैठे रहे। फिर बनमानुष ने मेरी प्रार्थना पर उन्हें यहाँ मेरे संरक्षण में रख दिया। थोड़ी आनाकानी की उसने, पर जब मैंने उसे बात समझाई तो डर गया। तब से ये आदरणीय निर्णायक मेरे एकमात्र साथी हैं। 'मेक्सिको

सिटी' में शराब की अलमारी के ऊपर आपने देखा था, वे कैसा ख़ालीपन छोड़ आए हैं।

मैंने चित्र को वापस क्यों नहीं किया? ओहो, आपकी प्रतिक्रिया तो पुलिसवालों जैसी है? हाँ, बेशक, तो मैं आपको वैसे ही उत्तर दूँगा, जैसे सरकारी वकील को देता; अगर कभी किसी का ध्यान भी जाता कि मेरे कमरे में इस चित्र को शरण मिली होगी। पहली बात तो यह कि यह मेरी सम्पत्ति नहीं है बल्कि 'मेक्सिको सिटी' के स्वामी की है, जो कि उसका अधिकारी होने के लिए उतना ही योग्य है, जितना गाँ के आर्च बिशप। दूसरी बात, कि जो लोग 'एडारेशन ऑफ़ दि लैंब' के सामने से गुज़रते हैं, वे मूल कृति और प्रतिलिपि में अन्तर नहीं बता सकते, इसलिए मेरे इस दुराचरण से किसी को हानि नहीं पहुँचती। तीसरी बात यह है कि इस प्रकार मैं महिमामंडित हूँ। कृत्रिम निर्णायक पूजे जाने के लिए संसार के सामने रखे गए हैं, और असली से केवल मैं ही परिचित हूँ। चौथी बात कि इस तरह कैदख़ाने भेजे जाने की सम्भावना है, और यह विचार ही एक प्रकार से आकर्षक है। पाँचवीं बात, कि वे निर्णायक 'लैंब' से मिलने जा रहे थे और अब कोई 'लैंब' (या भोलापन) शेष नहीं है, और क्योंकि वह चतुर बदमाश, जिसने यह चित्र चुराया था, किसी अज्ञात न्याय का साधन-मात्र था, जिस न्याय के मार्ग में बाधा डालना उचित न होगा। और आख़िरी बात, कि इस प्रकार सब कुछ सन्तुलित हो जाता है। हमेशा के लिए न्याय निर्दोषिता से अलग कर दिया जाता है—एक सलीब पर चढ़ा है और दूसरा अलमारी में बन्द—मेरे लिए अपनी धारणाओं के अनुरूप आचरण करने का रास्ता साफ़ है। निर्मल मन से, मैं अनुतापी-निर्णायक का कठिन धन्धा कर सकता हूँ, जिसमें मैंने

कितने ही अन्तर्विरोधों और विनष्ट आशाओं के बाद अपने को स्थापित किया है, और अब, क्योंकि आप जा रहे हैं, समय आ गया है कि मैं आपको यह बताऊँ कि वह है क्या।

पहले मुझे उठकर बैठ जाने की इजाज़त दें ताकि मैं ज़्यादा आसानी से साँस ले सकूँ। ओफ़, मैं कितना कमज़ोर हो गया हूँ! मेरे निर्णायकों को कृपा करके बन्द कर दीजिए। रही अनुपाती-निर्णायकों के धन्धे की बात, सम्प्रति मैं वही कर रहा हूँ। सामान्यत: मेरा दफ़्तर 'मेक्सिको सिटी' में रहता है। पर वास्तविक कार्य तो काम करने की जगह से परे पहुँच जाता है। बिस्तर में पड़े हुए बुख़ार से ग्रस्त भी मैं कार्यरत हूँ। उसके अलावा इस धन्धे को किया नहीं जाता, यह तो निरन्तर आदमी की हर साँस में रहता है। यह न सोचिएगा कि मैंने इतने विस्तार से पाँच दिन तक जो आपसे बातचीत की है, वह सिर्फ़ मन-बहलाव के लिए। नहीं, मैं अतीत में बहुत बक-बक कर चुका हूँ। अब मेरे शब्द उद्‌देश्यपूर्ण होते हैं। स्पष्ट है कि उनका उद्‌देश्य होता है हँसी को चुप कराने का, व्यक्तिगत रूप से निर्णय से बचने का यद्यपि कोई छुटकारा है नहीं। छुटकारा पाने के रास्ते में सबसे बड़ी बाधा क्या यह नहीं है कि हमीं सबसे पहले अपने-आपको दोषी ठहराते हैं? इसलिए आवश्यक है कि शुरू में ही दोष को बिना भेदभाव के सबमें बाँट दो ताकि प्रारम्भ से ही उसकी सघनता कम हो जाए।

किसी के लिए कोई छूट नहीं, प्रारम्भ से ही मेरा सिद्धान्त यही रहता है। मैं अस्वीकार करता हूँ सदिच्छा को, आदर-योग्य भूल को, असावधानी को, दोष को हल्का करनेवाली परिस्थितियों को। मेरे लिए क्षमादान अथवा आशीर्वाद देने का प्रश्न नहीं उठता। हरएक चीज़ को

सीधे-सादे तरीक़े से जोड़ लिया जाता है और फिर : 'इतना हुआ', 'तुम कुकर्मी हो', 'पिशाच हो', 'जन्म से ही असत्यवादी हो', 'अप्राकृतिक व्यभिचारी हो', 'कलाकार हो', आदि-आदि। बस, यों ही। इतने ही नंगे शब्दों में जिस प्रकार राजनीति में, उसी प्रकार दर्शन में भी, मैं उसी सिद्धान्त का अनुयायी हूँ, जो आदमी को निर्दोषिता प्रदान करना अस्वीकार करता है और उस आचार-प्रणाली का समर्थन करता है, जो उसके प्रति दोषी की तरह व्यवहार करे। मुझमें, मेरे दोस्त, आप देखते हैं ग़ुलामी के समर्थक, एक प्रबुद्ध वकील को।

सच तो यह है कि ग़ुलामी के बग़ैर कोई निश्चयात्मक हल हो नहीं सकता। मुझे बहुत जल्दी इसका ज्ञान हो गया था। एक समय था जब मैं हमेशा स्वतंत्रता की बातें किया करता था, सुबह के नाश्ते के समय मैं उसे मक्खन की तरह टोस्ट पर लगाता, दिन-भर उसे चबाता रहता और साथी-संगियों को मेरी साँसों में स्वतंत्रता की सुखकर गन्ध मिला करती। उस मूल मंत्र से मैं अपने हर विरोधी को धराशायी कर देता; मैंने उसका अपनी कांक्षाओं और अपनी शक्ति के हेतु उपयोग किया। पलँग पर लेटे हुए अपनी संगिनी के कान में यह मंत्र फुसफुसाता, और इससे उसे त्यागने में मुझे सहायता मिलती। मैं चुपके से उसे...पर ठहरिए, मैं आवेश में आया जा रहा हूँ और अपना सन्तुलन खोए दे रहा हूँ। आख़िर कभी-कदा स्वतंत्रता का उपयोग अधिक निर्लिप्त भाव से भी मैंने किया ही था और यह भी—ज़रा सोचिए तो मैं कितना भोला था—कि दो-तीन बार उसकी सुरक्षा के लिए खड़ा भी हुआ, पर बेशक इस हद तक नहीं कि उसके लिए जान दे दूँ। फिर भी कुछ ख़तरे तो मैंने उठाए ही। उस उतावलेपन के लिए मुझे क्षमा मिलनी चाहिए, मैं नहीं जानता था कि मैं

क्या कर रहा हूँ। मैं नहीं जानता था कि स्वतंत्रता कोई पुरस्कार अथवा उपाधि नहीं है, जिसकी ख़ुशी शैंपेन पीकर मनाई जाए। न ही वह कोई उपहार है या नफीस मिठाइयों का डिब्बा, जो ऐसा हो कि आप अपने होंठ चाटते रह जाएँ। अरे नहीं! इसके विपरीत, वह तो कठिन श्रम है, और एक लम्बी दौड़, एकदम अकेली और बेहद पकानेवाली। शैंपेन नहीं, कोई मित्र नहीं, जो स्नेहपूर्ण दृष्टि से देखते हुए आपके अभिवादन में अपने गिलास उठाएँ। एक भयावह कमरे में अकेले, निर्णायकों के सामने क़ैदी के कठघरे में अकेले, और अपने निर्णय के समक्ष अथवा दूसरों के निर्णय के समक्ष निश्चय करने के लिए भी अकेले। सब कुछ ले-देकर स्वतंत्रता न्यायालय में सुनाया गया निर्णय है, इसीलिए स्वतंत्रता का बोझ उठाना इतना दुष्कर है, ख़ास तौर से तब, जब आप बुख़ार में पड़े हो, या व्यथित हो, या किसी से भी प्यार न करते हो।

आह, मेरे दोस्त, उस व्यक्ति के लिए जो अकेला है, बिना परमात्मा और बिना किसी स्वामी के, दिन-प्रतिदिन का बोझा भयंकर हो जाता है। अत: आदमी को कोई स्वामी चुनना ही पड़ता है; क्योंकि ईश्वर का अब फ़ैशन नहीं रहा। उसके अलावा, उस शब्द के अब कोई अर्थ नहीं रहे; उसमें अब इतना ख़तरा भी तो नहीं है कि किसी को धक्का पहुँचा सके। हमारे नैतिक दार्शनिकों को ही ले लीजिए, कितनी गम्भीर प्रकृति के होते हैं—'अपने पड़ोसी को प्यार करो' वग़ैरह-वग़ैरह। धार्मिक ईसाइयों और उनमें अन्य कोई अन्तर नहीं है, केवल इतना ही कि वे गिरजाघरों में जाकर उपदेश नहीं देते। आपकी राय में वह क्या चीज़ है जो उन्हें धर्म-परिवर्तन करने से रोकती है? सम्मान, शायद मनुष्यों के लिए सम्मान; हाँ आत्म-सम्मान। वे अपयश नहीं कमाना चाहते, सो अपने भाव अपने

तक ही रखते हैं। एक नास्तिकवादी उपन्यासकार को मैं जानता हूँ जो हर रात प्रार्थना करता था, पर उससे कुछ हुआ-हवाया नहीं। अपनी किताबों में ईश्वर की कैसी ख़बर ली उसने! क्या झाड़ू लगाई है! एक लड़ाकू स्वतंत्र विचारवादी से मैंने यह बात कही, उसने अपने हाथ ऊपर को उठाए—किसी दुर्भावना से नहीं, मैं आपको विश्वास दिलाता हूँ—ऊपर दैवलोक की तरफ़ : "तुम मुझे कुछ नया नहीं बता रहे हो," उस ऋषि ने लम्बी साँस लेकर कहा, "वे सब ऐसे ही होते हैं।" उसके कथनानुसार हमारे अस्सी प्रतिशत लेखक, अगर अपनी कृति पर अपना नाम देना बचा सकें तो परमात्मा के गुणगान ही लिखा करें। उसका कहना था कि वे अपना नाम देते हैं; क्योंकि वे अपने को ही प्यार करते हैं; और वे किसी का भी गुणगान नहीं करते, क्योंकि वे अपने से घृणा करते हैं। पर क्योंकि वे बिना निर्णय दिए रह नहीं पाते, उसका अभाव उपदेश देकर पूरा कर लेते हैं। संक्षेप में, उनका पिशाच सदाचारी होता है। विचित्र युग है यह! कोई आश्चर्य नहीं कि लोगों के दिमाग़ गोरखधन्धे में फँस गए हैं; और इसमें भी ताज्जुब नहीं कि मेरा एक मित्र जब वह आदर्श पति था तो नास्तिक रहा और व्यभिचारी बनने पर धर्मनिष्ठ बन गया!

ओह, वे ओछे दगाबाज़, करतब दिखानेवाले नट, पाखंडी, पर फिर भी कितने करुण! विश्वास मानिए, वे सब करुण होते हैं, उस समय भी जब देवलोक में आग लगाते हों। नास्तिक हों, चाहे श्रद्धा से गिरजाघर जानेवाले, मस्कोवाइट हों चाहे वास्टोनियन, सब धर्मनिष्ठ ईसाई हैं, बाप से बेटे तक। पर वास्तव में तो कोई पिता रहा नहीं, कोई नियम रहा नहीं। वे स्वतंत्र हैं, इसलिए अपने ही सहारे उन्हें चलना है; और क्योंकि वे स्वतंत्रता या उसके अन्तर्गत निर्णय चाहते नहीं, वे माँग करते हैं कि

उनके हाथ पर बेंत लगाकर दंड दिया जाए। वे घोर नियम बनाते हैं, वे दौड़कर सूखी लकड़ियों के ढेर लगाते हैं गिरजाघरों का स्थान लेने के लिए। सवौनोरोला हैं सब-के-सब, मैं कहता हूँ आपसे। पर वे केवल पाप में विश्वास करते हैं, क्षमा में नहीं। सोचते अवश्य हैं उसके बारे में। क्षमा ही है जो उन्हें चाहिए—स्वीकरण, आत्मसमर्पण, सुख, और शायद, क्योंकि वे भावुक भी हैं, वाग्दान, कुमारी वधू, ईमानदार मनुष्य और गिरजाघरों का संगीत। मुझे ही ले लीजिए—और मैं भावुक नहीं हूँ—आप जानते हैं कि मैं किसका स्वप्न देखा करता था? एक सम्पूर्ण प्रेम का, पूरे मन और शरीर का प्रेम, रात-दिन का अनवरत आलिंगन, ऐन्द्रिक सुख और मानसिक भावातिरेक—सब पाँच वर्ष तक रहकर मृत्यु में विलीन हो जाए। किन्तु, हाय!

इसलिए, ले-देकर, वाग्दान और अविरत प्रेम के अभाव में होगा विवाह, पाशविक विवाह, शक्ति और कोड़े के आधार पर। मूल बात तो यह है कि सब कुछ सरल हो जाए, जैसे बच्चे के लिए सरल हो जाता है, हर काम का आदेश मिले और अच्छा और बुरा, किसी एक के द्वारा मनमाने ढंग से निश्चित करके (अत: स्पष्टत:) बनाया जाए। मैं बिलकुल इसके पक्ष में हूँ, चाहे ईसाइयों की तरह न होऊँ और कितना ही सिसली या जावा को क्यों न देखूँ। यद्यपि आदिम ईसाई के लिए मेरे मन में स्नेह है, पर पेरिस के पुलों के ऊपर मैंने भी जाना कि मैं स्वतंत्रता से डरता हूँ। इसलिए, जय हो स्वामी की! वह कोई भी क्यों न हो, जो दैवी विधान का स्थान ले ले। 'हमारे पिता, जो अस्थायी रूप में यहाँ हैं... हमारे मार्गदर्शक, पुलकित करनेवाले हमारे कठोर स्वामी और निर्दय और परमप्रिय नायक...।' संक्षेप में कहूँ तो यों कि स्वतंत्र न रहना ही, और

अनुताप में अपने से बड़े बदमाश के आदेशों का पालन करना ही मूल तत्त्व है। जब हम दोषी होंगे, तभी यह गणतंत्र होगा। और हाँ, प्यारे दोस्त, यह भी कि अकेले मरने के लिए हमें बदला लेना होगा। मृत्यु अकेली होती है, जबकि दासता सामूहिक है। दूसरों को भी मिलती है; और सो भी उसी समय जबकि हमें—और यही तो असली बात है। अन्ततः सब साथ, पर घुटने टेके और नतशिर।

क्या यह अच्छा नहीं है कि हम बाक़ी स्ब संसार की भाँति ही रहें और उसके लिए क्या ज़रूरी नहीं है कि बाक़ी संसार हमारी तरह ही हो? धमकी, मान-हानि, पुलिस उस एकरूपता के पावन संस्कार हैं। उपेक्षित, आखेट्य जन्तु की तरह दौड़ाया जाता हुआ, और बाधित, मैं तभी दिखा सकता हूँ कि मेरा मूल्य क्या है। मैं जो हूँ, उसमें रस ले सकता हूँ और अन्त में प्राकृत बन सकता हूँ। इसीलिए मेरे दोस्त, स्वतंत्रता के प्रति आदर करके मैंने एकान्त निर्णय किया कि जो भी आता मिल जाए, उसी को जल्दी से यह स्वतंत्रता सौंप देनी पड़ेगी। और जब भी कर सकता हूँ, 'मेक्सिको सिटी' के अपने गिरजाघर में मैं उपदेश देता हूँ। मैं उन भद्रजनों को आमंत्रण देता हूँ कि अधिकार के प्रति आत्मसमर्पण कर दें और विनयपूर्वक दासता की सुविधाओं की याचना करें—चाहे मुझे इस सबको वास्तविक स्वतंत्रता का रूप ही क्यों न देना पड़े।

पर मैं पगला नहीं गया हूँ, मैं ख़ूब जानता हूँ कि दासता तत्काल नहीं प्राप्त की जा सकती। इतना ही है कि भविष्य में यह एक वरदान सिद्ध होगी। तब तक मुझे तो वर्तमान के साथ निर्वाह करना है, इसलिए किसी कामचलाऊ समाधान की खोज करनी पड़ेगी। इसीलिए मुझे औरों तक निर्णय का विस्तार करने का कोई और साधन ढूँढ़ना पड़ा ताकि

मेरे अपने कन्धों पर उसका भार कम हो जाए। मुझे साधन मिल गए। खिड़की ज़रा खोल दीजिए, बड़ी गरमी है। बहुत ज़्यादा न खोलिएगा, मुझे ठंड भी लगती है। मेरा विचार सरल है और उर्वर है, किस तरह सबको फँसा दिया जाए ताकि मैं स्वयं बाहर चैन से बैठा रह सकूँ? क्या मैं बहुत-से सम्मानित समकालीनों की भाँति उपदेश-मंच पर आरूढ़ होकर मानवता को कोसूँ? बहुत ख़तरनाक है यह! किसी दिन या किसी रात बग़ैर चेतावनी दिए हँसी फूट सकती है। आप जो निर्णय औरों पर कर रहे होते हैं, छिटककर आपके ही मुँह पर आता है; और कुछ हानि भी करता है। 'तो इससे क्या' आप पूछते हैं। तो यह है असाधारण प्रतिभा का प्रमाण। मैंने जाना कि बेंत लिये हुए स्वामियों की प्रतीक्षा करते हुए हम लोगों को कोपरनिकस की तरह तर्क को उलट देना चाहिए, ताकि जीत हमारी ही हो; क्योंकि तत्काल अपने ऊपर निर्णय दिए बिना दूसरों पर दोषारोपण नहीं किया जा सकता। इसलिए दूसरों पर निर्णय देने का अधिकार पाने के लिए आवश्यक है कि अपने को पूरी तरह अभिभूत कर लें। क्योंकि हरएक निर्णायक किसी-न-किसी दिन अनुतापी बन ही जाता है, इसलिए दूसरे छोर से राह पकड़कर अनुतापी का व्यवसाय अपनाना होगा, ताकि किसी-न-किसी दिन अन्त में निर्णायक बन सकें। आप समझ रहे हैं मेरी बात? बहुत अच्छा! पर अपनी बात और भी स्पष्ट करने के लिए मैं आपको बताऊँगा कि मैं कैसे काम करता हूँ।

पहले तो मैंने वकालत का अपना दफ़्तर बन्द किया, पेरिस छोड़ा और भ्रमण किया। मैंने इरादा किया था कि नाम बदलकर दूसरी जगह जमूँ, जहाँ मुझे काम की कमी न हो। संसार में बहुतेरे स्थान हैं; पर संयोग, सुविधा, नियति का व्यंग्य और साथ ही एक प्रकार के आत्मपीड़न

की आवश्यकता ने मुझे प्रेरित किया, पानी और कोहरे से भरी नहरों की मेखलाओं से बँधी, विशेष रूप से भीड़ से भरी राजधानी चुनने के लिए—ऐसी जहाँ कि पृथ्वी के चारों कोनों से लोग आते थे। मैंने अपना दफ़्तर नाविकों के मुहल्ले में एक शराबख़ाने में स्थापित किया। बन्दरगाह में विविध प्रकार के ग्राहक मिलते हैं। ग़रीब धनाढ्यों के मुहल्लों में नहीं जाते, जबकि सभ्य समाज के लोग चक्कर काटते हुए एक बार इन कुत्सित स्थानों में पहुँच ही जाते हैं, जैसा कि आप स्वयं देख चुके हैं। मैं ख़ासतौर से बुर्जुआ की राह देखता हूँ और पथभ्रष्ट बुर्जुआ की, विशेषकर उसी से मुझे अधिकतम फल की प्राप्ति होती है। किसी दुर्लभ वायलिन के वादक की तरह मैं संगीत के सूक्ष्मतम स्वर उसी में निकालता हूँ।

इस तरह मैं अपना उपयोगी व्यवसाय कुछ दिनों से 'मेक्सिको सिटी' में करता रहा हूँ। उसके अन्तर्गत पहले तो यह है, जैसा आप अपने अनुभव से जान गए हैं कि सार्वजनिक पाप-स्वीकरण जितनी बार हो सके किया जाए। मैं अपने को पुकार-पुकारकर, कोने-कोने में अपराधी घोषित करता हूँ। कुछ मुश्किल नहीं है; क्योंकि अब मुझे स्मृति का वरदान प्राप्त हो गया है। पर इतना कह दूँ मैं आपसे कि मैं बेहूदे ढंग से छाती पीट-पीटकर अपने को दोषी नहीं ठहराता। नहीं, मैं कुशलता से नाव खेता हूँ भेद-विभेदों और इधर-उधर की बातों का संवर्धन करते हुए—यों कहें कि अपने श्रोता के अनुरूप मैं अपने शब्दों को ढाल लेता हूँ और उसे उकसाता हूँ कि मुझसे बढ़-चढ़कर कहे। जिन बातों का दूसरों से सम्बन्ध है, और जिनका मुझ ही से सम्बन्ध है, उन्हें मैं मिला-जुला देता हूँ। मैं उन विशेषताओं को चुनता हूँ, जो समान रूप से हम दोनों की होती हैं, उन अनुभवों को, जो हमने साथ सहे हैं, उन कमज़ोरियों को जो हम

दोनों में हैं—सब कुछ बड़े ढंग का होता है, अवसर के उपयुक्त मनुष्य, वास्तव में ऐसा जो मुझमें और दूसरों में शासन करता है। इस सबको लेकर मैं ऐसे चित्र का निर्माण करता हूँ जो सबका प्रतिरूप है और किसी का भी नहीं। यों कहें कि वह एक मुखौटा है, कुछ-कुछ वैसा जैसा मेलों में इस्तेमाल किया जाता है, जो सजीव और विशिष्ट भी होता है और निष्प्राण और रीति-बद्ध भी। जिसे देखकर लोग कह उठते हैं, 'अरे इनसे तो मैं मिल चुका हूँ!' जब चित्र बनकर तैयार हो जाता है, जैसा आज शाम हो गया है, तो मैं बड़े दुख के साथ उसे दिखाता हूँ, 'यह हूँ मैं, हाय!' वादी की ओर से दोषारोपण समाप्त हो जाता है। पर साथ ही जो चित्र मैं अपने समकालीनों को दिखाता हूँ, वह दर्पण भी बन जाता है।

अपमान से लदा, बाल नोचता, चेहरे पर नाखून के निशान लिये, लेकिन बेधनेवाली दृष्टि से देखता हुआ मैं समस्त मानवता के सामने खड़ा होता हूँ अपने कदाचारों की कहानी दुहराता हुआ—पर बिना इस बात को भुलाए हुए कि कैसा प्रभाव डाल रहा हूँ और यह कहता हुआ कि 'मैं नीचों में निम्नतम हूँ'। तब चुपके से मैं 'मैं' की जगह 'हम' कहने लगता हूँ। जब तक मैं स्थल पर पहुँचता हूँ कि कहूँ 'ऐसे हैं हम', तब तक खेल ख़त्म हो जाता है और मैं श्रोताओं को धता बता सकता हूँ। निश्चय ही मैं उन्हीं जैसा हूँ। हम सब एक ही गड्ढे में साथ हैं। लेकिन मैं उनसे श्रेष्ठ हूँ इस बात में कि मुझे यह मालूम है, और इसलिए मुझे बोलने का अधिकार प्राप्त है। निश्चय ही आप इसका फ़ायदा देख पाते होंगे। जितना ही मैं अपने ऊपर दोषारोपण करता हूँ उतना ही मुझे आपके बारे में निर्णय करने का अधिकार मिलता है। इससे भी अच्छा, मैं आपको उकसाता हूँ कि आप स्वयं अपने विषय में निर्णय दें और

इससे मेरा उस हद तक भार कम हो जाता है। आह, मेरे दोस्त, हम अजीब, वाहियात जीव हैं; और अगर हम अपने गत जीवन पर दृष्टिपात करें तो ऐसे अवसरों की कमी न होगी, जिनसे हमें अचम्भा हो और जो हमें लज्जावनत कर दें। कर देखिए आप। आप सच मानें, मैं बड़े ही भ्रातृ-भाव से आपका स्वीकरण सुनूँगा।

हँसिए मत! हाँ, आप बेढब मुवक्किल हैं, यह तो मैंने तुरन्त ताड़ लिया था। पर अनिवार्यत: आप पहुँचेंगे वहीं। अधिकतर लोग बुद्धिमान होने की अपेक्षा भावुक ज़्यादा होते हैं; वे एकदम विचलित हो जाते हैं। बुद्धिमानों के साथ कुछ समय लगता है। उनके लिए तो पर्याप्त है कि प्रणाली उन्हें पूरी तरह समझा दी जाए। वे उसे भूलते नहीं, मनन करते हैं। देर-सवेर, कुछ तो खिलवाड़ में, कुछ भावावेश में, वे समर्पण करके सब कुछ बता देते हैं। आप न केवल बुद्धिमान हैं, अनुभव से मँजे मँजाए भी दीखते हैं। पर मान जाइए कि आप अपने से उतने प्रसन्न नहीं हैं, जितने कि पाँच दिन पहले थे। अब मैं इन्तज़ार करूँगा कि आप मुझे पत्र भेजें या यहाँ वापस लौटें क्योंकि लौटेंगे इसका मुझे निश्चय है। आप मुझमें कोई अन्तर नहीं पाएँगे, और मैं बदलूँ भी क्यों, जबकि मुझे वह आनन्द प्राप्त हो गया है, जो मेरे अनुरूप हैं? मैंने द्विविधता को स्वीकार कर लिया है, बजाय उससे परेशान होने के। मैं तो उसमें जम गया हूँ और वहाँ मुझे वह आराम मिला है, जिसे मैं जीवन-भर ढूँढ़ता रहा हूँ। मैं ग़लती पर था, जब मैंने आपसे कहा कि मूल बात यह है कि निर्णय से बचो। मूल बात तो यह है कि अपने को हर चीज़ की छूट दो, चाहे यह भी हो कि समय-समय पर अपनी ही क्षुद्रता को ज़ोर-ज़ोर से घोषित करना पड़े। मैं फिर से अपने को हर चीज़ की छूट देता दूँ और इस बार

बिना उस पर हँसी के। मैंने अपने जीवन का ढंग बदला नहीं है, मैं अब भी अपने को प्यार करता हूँ, और दूसरों का उपयोग करता हूँ। बस इतना ही है कि अपने पापों का स्वीकरण मुझे फिर से हल्के दिल से श्रीगणेश करने की सुविधा प्रदान करता है और दोहरी प्रसन्नता देता है—पहली तो अपने स्वभाव की और दूसरे एक मनमोहक पश्चात्ताप की।

जब से मैंने समाधान ढूँढ़ लिया है तब से मैं हर चीज़ के सामने झुक जाता हूँ—औरतों के, दंभ के, ऊब के, आक्रोश के और यहाँ तक कि उस बुख़ार के भी, जो बड़े मज़े में इस समय बढ़ रहा है। अन्त में मैं प्रभुता प्राप्त कर लेता हूँ—हमेशा के लिए। एक बार फिर मैं उस ऊँचाई पर पहुँच गया हूँ, जहाँ तक केवल मैं ही चढ़ पाया हूँ, और जहाँ से मैं हर एक पर निर्णय दे सकता हूँ। लम्बे-लम्बे अवकाशों के बाद किसी सुहावनी रात को मुझे फिर कभी-कभी दूर पर हँसी सुनाई पड़ जाती है, और मैं फिर संशय में पड़ जाता हूँ। पर शीघ्र ही मैं सब कुछ कुचल देता हूँ, लोगों को और बातों को, अपनी हीनता के बोझ के नीचे और फिर मैं तुरन्त चमक उठता हूँ।

तो मैं आपका इन्तज़ार करूँगा, 'मेक्सिको सिटी' में, जितनी देर आवश्यकता होगी उतनी देर। यह कम्बल ज़रा हटा दीजिए; मैं साँस लेना चाहता हूँ। आप आएँगे न? मैं आपको अपनी शैली की सूक्ष्म बातें बताऊँगा, क्योंकि मुझे आपके प्रति एक प्रकार का स्नेह हो गया है। आप रात-रात-भर मुझे उनको यह सिखाते पाएँगे कि वे घृणित हैं। आज ही शाम को मैं फिर शुरू कर दूँगा। मैं उसके बिना रह नहीं सकता और न ही अपने को उन क्षणों से वंचित रखना चाहता हूँ, जब शराब की सहायता से उनमें से कोई एक ढेर हो जाता है, और अपनी छाती पीटना

शुरू कर देता है। तब मैं और लम्बा हो जाता हूँ, मेरे प्यारे दोस्त, और लम्बा! मैं खुलकर साँस लेता हूँ, मैं शैल-शिखर पर आरूढ़ होता हूँ, और मेरी आँखों के सामने समतल भूमि का विस्तार होता है। परमपिता परमात्मा के समान अनुभव करना और दुश्चरित्रता और बुरी आदतों का प्रमाण-पत्र बाँटना कितना मादक होता है! मैं अपने बुरे देवदूतों के बीच सिंहासन पर आरूढ़ होता हूँ, डच स्वर्ग के शिखर पर; और मैं देखता हूँ जनसमुदाय को अपनी ओर चढ़ते आते हुए, कोहरे और पानी से निकल-निकलकर। वे धीरे-धीरे ऊपर बढ़ते हैं, उनमें से सबसे आगेवाले को पहुँचता मैं देख रहा हूँ। उसके आश्चर्यचकित हाथ से आधे-ढँके चेहरे पर मैं पढ़ सकता हूँ—उनकी सामान्य दशा का विषाद और उससे पलायन न कर पाने की हताशा। और रही मेरी, मैं बिना पाप-मुक्त किए दया करता हूँ, बिना क्षमा किए सहानुभूति प्रदान करता हूँ और इससे बड़ी बात कि मैं अनुभव करता हूँ कि मेरी आराधना हो रही है।

हाँ, मैं चल-फिर रहा हूँ। एक अच्छे मरीज़ की तरह मैं पलँग पर लेटा कैसे रह सकता था? मुझे तो आपसे ऊँचा होना ज़रूरी है, और मेरे विचार मुझे ऊपर उठाते हैं। ऐसी रातों को, या कहें कि ऐसी सुबह (क्योंकि पतन उषाकाल में ही होता है) मैं बाहर जाकर तेज़ी से नहरों के किनारे टहलता हूँ। सुरमई आकाश में परों की तहें झीनी पड़ती जाती हैं, कपोत कुछ और ऊपर चले जाते हैं, और छतों के ऊपर से एक गुलाबी प्रकाश मेरी सृष्टि के नए दिन की घोषणा करता है। डोमरैक पर पहली ट्राम गाड़ी नम हवा में अपनी घंटी बजाती है, और यूरोप के इस छोर पर प्राणियों के जागने की सूचना देती है—इस छोर पर, जहाँ उसी क्षण हज़ारों-लाखों मनुष्य, मेरे प्रजाजन, कष्टपूर्वक बिस्तर छोड़

बाहर निकलते हैं, मुँह में कड़वाहट-भरे, अपने-अपने आनन्दहीन धन्धों पर जाने के लिए। तब इस महाद्वीप पर उड़ानें भरते हुए, जो सारे-का-सारा, अनजाने ही मेरे अधीन है, उगते हुए दिवस की स्वर्णिम आभा का पान करते हुए, दु:शब्दों के नशे से चूर, मैं सुखी होता हूँ। मैं कहता हूँ आपसे कि मैं सुखी हूँ मैं आपको यह न सोचने दूँगा कि मैं सुखी नहीं हूँ, मृत्युपर्यन्त सुखी हूँ! ओह, सूर्य, सागर, व्यापारी वायुओं की राह के द्वीप और यौवन जिसकी स्मृतियाँ मनुष्य को नैराश्य में डुबा देती हैं!

मैं फिर बिस्तर पर लेटने जा रहा हूँ, मुझे माफ़ करें। मुझे डर है कि मैं आवेश में आ गया था, पर मैं आँसू नहीं बहा रहा हूँ। कभी-कभी आदमी बहक जाता है, तथ्यों पर शंका करते हुए, उस समय भी जबकि उसने सद्‌जीवन के रहस्य का पता पा लिया होता है। बेशक मेरा समाधान आदर्श नहीं है। पर जब आपको अपना जीवन पसन्द न हो, जब आपको यह ज्ञात हो कि जीवन बदलना ही पड़ेगा तो पसन्द का कोई प्रश्न नहीं रह जाता है; या रह जाता है? कोई दूसरा व्यक्ति बन जाने के लिए क्या कर सकते हैं आप? असम्भव है। आदमी को कुछ भी होने की स्थिति त्याग देनी पड़ेगी, अपना स्वत्व दूसरे के लिए भुला देना पड़ेगा। कम-से-कम एक बार। पर कैसे? मेरे प्रति ज़्यादा कठोर न हों आप। मैं उस बूढ़े भिखारी की तरह हूँ जो एक दिन कैफ़े के चबूतरे पर मेरा हाथ छोड़ ही नहीं रहा था। 'ओह, श्रीमान, इतना ही नहीं है कि मुझमें कोई अच्छाई नहीं है, पर आदमी से डर लगता ही है कि कहीं प्रकाश की रेखा को भी न खो बैठे।' हाँ, हमने प्रकाश की रेखा खो दी है, वे सुप्रभात भी और उनकी वह पुनीत निर्दोषिता भी, जो अपने को क्षमा कर देते हैं।

देखिए, देखिए, बर्फ़ गिर रही है। ओफ़, मैं ज़रूर बाहर जाऊँगा।

श्वेत रात्रि में सोया हुआ एम्स्टरडम, बर्फ़ से ढँके पुलों के नीचे गहरी हरी नहरें, सूनी सड़कें, मेरी दबी हुई पगध्वनि—वह होगी पावनता, चाहे वह क्षणिक ही क्यों न हों, कल के कीचड़ के पहले। देखिए, बड़ी-बड़ी सफ़ेद परतें खिड़की के शीशे पर उड़कर आ रही हैं। ज़रूर ही ये कपोत होंगे। अन्त में निश्चय करते ही हैं नीचे उतरने का, वे प्यारे पखेरू, वे पानी को और छतों को परों की मोटी तह से ढँक देते हैं; हर खिड़की के सामने फड़फड़ाते हैं। क्या आक्रमण है! आशा है कि अच्छी ख़बर ही लाए होंगे। हर एक व्यक्ति तर जाएगा? हाँ, क्यों? केवल गिने-चुने ही नहीं। सम्पत्ति और कठिनाइयों का साझा होगा और आप, उदाहरण के लिए, आप आज से हर रात मैरी ख़ातिर ज़मीन पर सोएँगे। मान जाइए कि अगर स्वर्ग से मुझे ले जाने के लिए कोई विमान उतर आए, या बर्फ़ में आग लग जाए तो आप स्तम्भित रह जाएँगे! आपको विश्वास नहीं? न मुझे ही। पर तो भी बाहर जाना मेरे लिए ज़रूरी है।

अच्छा-अच्छा, मैं चुप हुआ जाता हूँ घबराइए नहीं। मेरे भावावेश और प्रलाप को इतना गम्भीर न समझिए। वे नियंत्रित हैं। अरे, अब जब आप मुझसे अपने बारे में बातें करनेवाले हैं तो मैं देखूँगा कि मेरे तन्मय कर देनेवाले स्वीकरण का एक उद्द्देश्य पूरा हुआ या नहीं। असल में मैं हमेशा आशा करता रहता हूँ कि मेरे साथ बातें करनेवाला कोई पुलिसवाला होगा और, मुझे 'दि जस्ट जजेज़' की चोरी के अपराध में गिरफ़्तार कर लेगा। सही कह रहा हूँ न कि बाक़ी बातों के लिए कोई मुझे गिरफ़्तार नहीं कर सकता? पर जहाँ तक उस चोरी का सवाल है, वह क़ानून के शिकंजे में है, और मैंने सब व्यवस्था इसकी कर ली है कि मैं उसका सह-अपराधी माना जाऊँ। मैं उस कलाकृति को रखे हुए

हूँ और जो देखना चाहता है, उसे दिखाता हूँ। तो आप मुझे गिरफ़्तार करेंगे, यह तो शुभारम्भ होगा।

पर आप पुलिसवाले तो हैं नहीं, होते तो बड़ी आसानी हो जाती। क्या? आह, मुझे यही तो शंका थी। तो जो अजीब-सा लगाव मुझे आपके लिए महसूस होता था, उसका कुछ आधार था! तो आप पेरिस में वकालत का गौरवशाली पेशा करते हैं! मुझे लगा था कि हम एक ही जाति के हैं। हम सब क्या एक-से नहीं होते, निरन्तर बोलते रहते हैं, पर किसी व्यक्ति-विशेष से नहीं; हमेशा उन्हीं सवालों का सामना करते रहते हैं, यद्यपि उनके उत्तर पहले से ही हमें मालूम होते हैं। तो कृपा करके बताइए मुझे, सेन नदी के घाटों पर एक रात आपको क्या अनुभव हुआ था और कैसे आप अपनी जान ख़तरे में न डालने से बच सके? आप स्वयं वे शब्द कहें, जो मेरी रातों में निरन्तर प्रतिध्वनित होते रहे हैं, और जिन्हें आपके मुँह से आख़िर मैं कह सकूँगा, 'ओ युवती, एक बार फिर पानी में कूद जा, ताकि मुझे, हम दोनों को बचाने का एक अवसर फिर मिले। दूसरा अवसर! ओफ़, कैसा ख़तरनाक सुझाव है! कलपना कीजिए मेरे मालिक कि हमारी बात अक्षरश: मान ली जाए...तो? तब तो हमको वह सब करना ही पड़ जाएगा—ओफ़—पानी कितना ठंडा है! पर हम क्यों परेशान हों? अब तो बहुत देर हो गई। हमेशा के लिए बहुत देर हो गई—भाग्यवश!

उपन्यास में आए विशिष्ट सन्दर्भ

क्रोमैगनोन : एक प्रागैतिहासिक जाति-विशेष, जिसके अवशेष 1868 में फ्रांस क्रोमैगनोन नामक गुफा में पाए गए थे।

बेबल की मीनार : बाइबिल की एक कथा के अनुसार जल-प्रलय के बाद नूह के जहाज़ में जो मनुष्य बच गए थे, उन्होंने बेबल में एक ऐसी मीनार बनाने का बीड़ा उठाया, जो आकाश को छू ले। पर सबकी भाषा अलग-अलग होने के कारण यह मीनार कभी न बन सकी। इसलिए आलंकारिक भाषा में ऐसी जगह को, जहाँ सब अपनी-अपनी बात कहते हों पर कोई किसी दूसरे की बात समझता न हो, 'बेबल की मीनार' कहते हैं।

सदूसी : ईसा के जीवनकाल में यहूदियों का एक सम्प्रदाय, जो भूत-प्रेतों, फरिश्तों और पुनर्जन्म में विश्वास नहीं रखता था।

ज्वाइडरज़ी : हॉलैंड की सबसे बड़ी नदी।

वैक्यूम-क्लीनिंग : बिजली ही झाड़ू जो सारा गर्द खींच लेती है।

लोहैंग्रिन : 'हंसों का नायक' (नाइट ऑफ़ द स्वैन) नामक जर्मन दन्त-कथा में पर्सिवाल नामक पात्र का पुत्र।

लीजन ऑफ़ ऑनर : फ्रांस की सर्वोच्च सम्मानसूचक उपाधि।

सॉलवेशन आर्मी : (मुक्ति-सेना) धार्मिक परोपकारी संस्था।

फ्रांसिस्कन : ईसाइयों का एक सम्प्रदाय-विशेष, जिसकी स्थापना सन्त फ्रांसिस ने 1209 में की थी।

परनाड : एक प्रकार का मादक पेय।

सेन : फ्रांस की नदी, जिसके किनारे पेरिस नगर बसा हुआ है।

एट्ना : सिसली द्वीप पर एक ज्वालामुखी पर्वत।

व्यापारी वायुएँ : भूमध्य-रेखा के निकट चलनेवाली हवाएँ, जिनके सहारे पुराने ज़माने में व्यापारी जहाज़ चला करते थे।

जेनस : रोमन देवता—जिसके दो मुँह थे, एक आगे और एक पीछे।

प्लस-फ़ोर : चूड़ीदार पैजामे जैसा एक पश्चिमी पहनावा।

डि गॉल : फ्रांस के तत्कालीन राष्ट्रपति, जो द्वितीय महायुद्ध में बहुत प्रसिद्ध सेनानायक रह चुके हैं।

आइंस्टाइन : बीसवीं शताब्दी के महानतम वैज्ञानिक और दार्शनिक, जिन्होंने सापेक्षता के सिद्धान्त की स्थापना की।

डेकार्ट : (1596-1650) प्रख्यात फ्रांसीसी वैज्ञानिक और दार्शनिक।

बूखन वाल्ड : नाज़ियों का कुख्यात नज़रबन्दी कैंप, जहाँ हज़ारों-लाखों यहूदियों को यंत्रणाएँ देकर मौत के घाट उतार दिया गया था।

दाँते : (1265-1321) प्रख्यात इतालवी कवि।

लिम्बो : रोमन कैथोलिक धर्म-ग्रन्थों के अनुसार वह जगह, जहाँ ऐसे लोग मरने के बाद भेजे जाते हैं, जिन्हें जीते-जी गिरजाघर की कृपा प्राप्त नहीं हुई, पर जो इतने पापी भी नहीं थे कि उन्हें जान-बूझकर पाप करनेवालों का दंड दिया जाता।

इसोल्डे : किंग ऑर्थर से सम्बन्धित एक प्रेम-कथा की पात्रा, जो सर ट्रिस्टन से प्रेम करती थी। अपनी पत्नी के विश्वासघात के कारण (पत्नी का नाम भी इसोल्डे था) सर ट्रिस्टन को अपने प्राणों से हाथ धोना पड़ा। अपने प्रेमी के वियोग में इसोल्डे ने भी अपने प्राण दे दिए। दोनों को एक क़ब्र में दफनाकर उस पर गुलाब और अंगूर की दो बेलें लगा दी गईं जो एक-दूसरे में इस तरह मिल गईं कि उन्हें अलग करना असम्भव हो गया।

गिलोटीन : फ्रांस की क्रान्ति के समय क्रान्तिकारियों ने अपने विरोधियों के सिर काटने के लिए इस यंत्र का प्रयोग किया था।

लुई चौदह : (1638-1715) फ्रांस का बादशाह।

फैरो : प्राचीन मिस्री बादशाह।

डेक चेयर्स : जहाज़ की खुली छत पर इस्तेमाल की जानेवाली कुर्सियाँ।

लिटिल ईज़ : टावर ऑफ़ लन्दन में यातनाएँ देने के लिए बनाई गई काल-कोठरियाँ।

इवेंजेलिस्ट : एक ईसाई सम्प्रदाय।

ल्यूक : ईसाई सन्त, जिन्होंने ईसा का जीवन-वृत्त लिखा है।

पीटर : ईसाई सन्त, जिन्हें स्वयं ईसा ने सन्तों का नेता चुना था।

एवाइज़्ा : इस्राइल के बादशाह अहाब के समय के एक पैगम्बर।

वेरमियर : एक प्रख्यात चित्रकार।

फ्रोआग्रा : एक फ्रांसीसी पकवान।

डुगेक्लाँ : चौदहवीं शताब्दी के बाद प्रख्यात सेनापति।

दि जस्ट जजेज़ : चित्रकला की एक प्रख्यात कृति।

गाँ (घेंट) : हॉलैंड का एक प्रसिद्ध नगर।

मस्कोवाइट : मास्कोवासी।

बोस्टोनियन : अमेरिका के प्रख्यात बोस्टन नगर के निवासी।